T0413879

El informante nativo
Ronald Flores

RONALD FLORES

EL INFORMANTE NATIVO

F&G
editores

El informante nativo
Ronald Flores
Primera edición

© Ronald Flores
Impreso en Guatemala

Foto de cubierta: Alfred Percival Maudslay, "Arco maya en Tikal, Petén" (1881-1882), Colección British Museum – Alfred Maudslay, Fototeca Guatemala, CIRMA.

Foto del autor: Luis Fernando Alejos.

F&G Editores
31 avenida "C" 5-54 zona 7,
Colonia Centro América
Guatemala
Telefax: (502) 2433 2361
informacion@fygeditores.com
www.fygeditores.com

ISBN:978-99922-61-59-0

Guatemala, marzo de 2007

¿Y quién es mi prójimo?
(Lc. 10,29)

Para
Amparo y José Alberto,
mis padres.

A
Carlos, Juan Fernando,
Miguel, Oswaldo, Sandra y
Stephanie, con cariño.

I
Mundo perdido

*When they approach me they see only my
surroundings, themselves, or figments of
their imagination – indeed, everything and
anything except me.*

Ralph Ellison

Viernes nació mientras su padre trabajaba como
peón en las excavaciones del Mundo Perdido de la
Ciudad de las Voces, conocida por la voz aborigen
de Tikal. Fue en el lugar de los árboles, que también han llamado jardín de la eterna primavera,
una tierra montañosa y selvática en la cintura de
América.

Sucedió en la última mitad del siglo veinte,
después de la detonación de las bombas atómicas.
Adonde inicia este relato, los acontecimientos que
alteraron el curso de la historia llegaron tan sólo
como un leve rumor arrastrado por el viento o las
aves migratorias. Nada de aquello importaba en lo
más profundo de la selva tropical, en el corazón
del bosque lluvioso, para aquel grupo de aborígenes aislados de la vorágine de la civilización occidental.

Tikal, o Mutul como era conocida entonces, fue
una de las ciudades más grandes del área, durante

el período clásico de la civilización aborigen que surgió en aquella parte del mundo. Era un centro ceremonial que tuvo unas tres mil edificaciones y una población de cien mil personas durante su apogeo. Actuaba como la autoridad central para organizar y reglamentar las actividades agrícolas para la extensa comunidad que la sustentaba. La casta sacerdotal regulaba la repartición de tierras y su rotación, indicaba las nuevas parcelas a desmontar, el ciclo de los cultivos y la parte de la cosecha que serviría de ofrenda para los templos, depósitos sagrados para las siembras venideras.

La ciudad fue abandonada cerca del año novecientos por causas que aún se ignoran. Se ha especulado que se debió a la interrupción de importantes rutas de abastecimiento comercial, al rompimiento del delicado equilibrio agrícola por el incremento de población o a que sus habitantes perdieron la guerra contra una ciudad rival y los sobrevivientes fueron esclavizados, tal vez sacrificados. Algunos se replegaron hacia las montañas del sur o las selvas del norte, retornando a las tareas básicas de subsistencia de los pequeños cultivadores, abandonando el afán de acercarse a los centros ceremoniales para intercambiar sus mercancías y rogar el favor de los dioses.

La primera noticia de la existencia de la ciudad en ruinas se le atribuye al padre Andrés de Avedaño, en 1695, quien la descubrió por casualidad. La descripción del hallazgo es tan vaga que bien pudo tratarse de otro complejo ceremonial soterrado bajo la abundante vegetación de la selva circundante. Por el detalle y precisión de la descripción del hallazgo, la expedición de Modesto Méndez y

Ambrosio Tut y el reporte que se publicara en Alemania, en 1853, registran su descubrimiento oficial. Dicha publicación despertó la curiosidad y motivó las visitas del suizo Gustav Bernoulli, del inglés Alfred P. Maudslay, el austriaco Teobert Maler, el estadounidense Alfred Tozzer y el conspicuo Sylvanus Morley, quien contó con el apoyo de la *Carnegie Institution* durante las exploraciones que emprendió entre 1914 y 1928. Algunos fueron investigadores legítimos, pero varios fueron simples expoliadores, interesados no en aumentar el conocimiento sino en acrecentar el número de curiosidades en los catálogos de museos, galerías y coleccionistas privados. El museo de la Universidad de Pennsylvania estableció el primer proyecto de excavación en Tikal, entre 1956 y 1970. En los años siguientes, profesores de dicha universidad, en conjunción con investigadores locales, descubrieron un complejo de edificaciones que llamaron "Mundo Perdido", al que llegaron a laborar arqueólogos de todo el planeta.

La ruta por la selva de Viernes padre no fue casual. Al contrario, formaba parte de un designio ulterior que le fuera revelado en una conversación con un jaguar en llamas, en lo profundo de una gruta sin término, frecuentada por los murciélagos y los tecolotes. Durante su infancia tardía, Viernes padre tuvo una ensoñación que lo atemorizó pero que, al relatarla, alegró a los suyos. Cuando concluyó los ritos de pasaje a la adultez, se alejó de la cíclica ruta migratoria de su grupo familiar, a lo largo y ancho de la sierra lacandona, bajo la verde bóveda de los caobos, ceibas, cedros, chicozapotes, amates, guayacanes y palos de hormigo para emprender la peregrinación hacia la cual lo lanzó aquella visión.

En soledad, a trote de venado, recorrió la selva sin senderos. Entre la niebla y la penumbra, bajo los guarumos, corozos, coyoles, xates, pacayas y plantas de guano, en pos de los centros sagrados descubiertos como sitios arqueológicos o aún resguardados de la mirada occidental bajo la densa vegetación de la jungla. Atravesando ziguanes, en cuya profundidad susurraban los ríos sobre lechos de piedras de obsidiana, pedernales lustrosos y arena negra, sobre troncos derrumbados por las lluvias. Caminos de aguas rojas, caminos de aguas blancas, caminos de aguas tenebrosas, caminos de aguas amarillas. Riachuelos teñidos de sangre. Riachuelos traslúcidos de agua recién nacida. Ojos de agua, manantiales del rocío de la aurora. Viernes padre pasó noches en las cimas de los cerros o de las pirámides, sumido en una oscuridad tan densa que parecía cobijado bajo las alas de un murciélago gigantesco.

Su tarea, nunca pronunciada, jamás declarada, consistía en vencer las pruebas que le tendían los engañosos señores ocultos: alguna vez combatió contra un centenar de nauyacas que se le enroscaba insistentemente al cuello; resistió la marcha de miles de hormigas sobre su cuerpo; un lagarto lo pescó del pie y lo arrastró por el pantano hasta una gruta situada bajo de agua, donde lo enfrentó en una furiosa lucha cuerpo a cuerpo. En un claro de la selva, fue atacado durante tres días consecutivos por los hombres de palo de tzité, cuyos pálidos rostros estragados se contraían en una horrenda mueca de angustia cuando eran derrotados por el mazo contundente con el que guerreaba; caían, emitiendo un agudo chillido, sin derramar sangre, quebrados, inertes.

Hubo noches que pasó cantando una misma tonada, sin permitirse el lujo de errar en la ejecución precisa del ritmo repetitivo e hipnotizante. Noches en que permaneció inmóvil, en silencio absoluto. Noches en que tuvo que desplazarse por los aires para burlar el acecho del tzizimite.

Cuando agotó la ruta de peregrinación se reintegró a su familia. Se pusieron a buscarle mujer entre las agrupaciones amigas, las que merodeaban el río Usumacinta, entre Palenque, Piedras Negras y el antiguo Altar de los Sacrificios, dedicadas a la recolección de palmitos y a la caza del jabalí. Los mayores conferenciaron entre sí para exponer la situación, ver la conveniencia de la unión entre los grupos y cerrar el trato que vincularía sus territorios y destrezas. En el consejo resolvieron que Ixquic, una joven que recién se había vuelto mujer, estaba disponible y fue de su agrado. Fue educada para bregar al lado de un guerrero, lo decían sus nahuales. Viernes padre no lo era, pero su destino sería similar pues estaba colmado de vicisitudes, según revelaron los espíritus.

Para estar solos, los recién unidos se fueron por la ruta del río Usumacinta, cruzaron la Sierra del Lacandón, pasaron por la Laguna de El Repasto y se embarcaron en el río San Pedro Mártir para llegar a la laguna del Tigre, un paraje de agua quieta, que habitaban los conejos, las dantas, las mariposas monarcas y las luciérnagas. En la ribera del sol naciente, se aposentaron bajo un frondoso árbol de jícaras y moraron ahí hasta que Ixquic quedó preñada. Sobre una balsa nueva retornaron con sus familias en la Sierra Lacandona, en donde residieron hasta que nació la criatura. Se guardaron los ocho días de pureza, sin que nadie se les acercara. Durante el día, se le dieron al recién nacido sus baños de temascal; durante la noche, se le encendieron las candelas. Cuando a Viernes se le cayó el ombligo, se enterró, según la cuenta sagrada del calendario circular, en la tierra sagrada de Piedras Negras, después de la ceremonia en que participaron los mayores de ambos grupos como símbolo de la alianza renovada entre los descendientes de las casas originarias.

Tras los rituales, practicados de generación en generación, la joven familia se despidió para darle cumplimiento a la profecía del linaje imperial, para que el niño diera sus primeros pasos en la plaza del juego de pelota, el terreno mismo en donde los antiguos guerreros arriesgaban la vida para agradar a los dioses. Por eso se tomaron el rumbo hacia Tikal, sin saber que ahí Viernes padre obtendría el empleo que lo sustraería de la silenciosa peregrinación por las olvidadas veredas de la selva.

En el seno de una pequeña comunidad de trabajadores de un sitio arqueológico, el único lugar poblado en cientos de kilómetros a la redonda, una suerte de isla en medio de la selva, se asentó la familia Viernes en una choza de cuatro horcones y techo de guano entretejido, esas extensas hojas de cierto tipo de palma con las cuales se hacían las paredes y las camas. Otro puñado de trabajadores locales convivía con los arqueólogos de procedencia internacional. En los tiempos libres, se enseñaban mutuamente lo mejor de sus respectivos mundos: unos disertaban sobre las vías de la selva y los otros sobre los caminos del mundo; unos mostraban las señales que leían en el barro y las plantas y los otros los signos en el papel. Durante años, se suscitó una convivencia armoniosa y fructífera en un castellano matizado por diversos acentos y palabras procedentes de los idiomas de cada cual.

El pequeño Viernes tuvo una infancia sin sobresaltos; se quedaba en casa mientras Ixquic, su madre, una aborigen silenciosa y querendona, quien preparaba el fuego, molía el maíz, echaba las tortillas en el comal, lavaba la ropa en el río o cuidaba la hortaliza; acompañaba a su padre, quien trepaba por un costado de las pirámides para luego emplear el machete o la pala para descombrar el Templo V, la Plaza de los Siete Templos o la Pirámide Radial. Viernes padre, en los días sagrados, escalaba los templos y se acercaba a las divinidades celestes para recibir o transmitir mensajes: se colocaba la máscara de jaguar o vestía las plumas del quetzal, mientras su hijo lo observaba al pie de las pirámides.

A veces Viernes se alejaba del campamento y se adentraba en la selva sin senderos para experimentar la densa broza que cubre el humus, los anchos troncos de los caobos que suben hasta los cielos, para sentirse una criatura más en el regazo de la naturaleza, pletórica en simulaciones. Evitaba la fascinación engañosa que ejercen ciertos lugares, como la aparente quietud de los pantanos en donde aguardan los lagartos a las presas incautas; las ciénagas por donde trotan los hambrientos jabalíes; el túnel que se forma debido a que las raíces del árbol canchán elevan el tronco varios metros sobre la tierra, pero por el cual nunca se debe pasar pues es el nido predilecto de las nauyacas; o los troncos podridos en donde las tarántulas establecen sus mansiones. Dicen que Viernes nunca le temió a los monos aulladores ni a los jaguares, que alguna vez incluso se bañaba en el río cuando uno de esos magníficos felinos llegó a abrevar en la mansa corriente, se vieron a los ojos y ambos siguieron sus asuntos sin el menor sobresalto, como si lo que sucedía fuese lo más normal del mundo y, en aquel lugar, en aquel momento, lo era.

A Viernes le gustaba recorrer los senderos del parque Tikal disponibles al público y visitar las edificaciones desenterradas como las del Acrópolis Norte y Central, el Templo de las Inscripciones o el Palacio de los Murciélagos. Su entretenimiento predilecto era escalar a la cima del Gran Jaguar o el Templo IV, la edificación más alta del nuevo mundo precolombino, y observar desde el oleaje cautivo en las copas de los árboles del océano esmeralda que significaba la selva interminable. Pasaba horas absorto en la más reflexiva contemplación de aquella quietud, interrumpida únicamente por la aparición esporádica de loros y tucanes. Escalar dichos templos le causaba la sensación de sumergirse en un extraño y denso silencio, interrumpido únicamente por el graznido ocasional de las aves y el rugir de los monos aulladores y de los jaguares.

Entrada la tarde soplaba el viento y llovían hojas antes de que cayeran los torrentes de agua, como decía su madre, quien raras veces platicaba y cuando lo hacía por lo general utilizaba este tipo de frases comunes que los ancianos suelen intercambiar a manera de diálogo. Mientras llovía, subidos en la cama, metidos dentro del mosquitero, iluminados por un candil de gas, su padre le hablaba mientras su madre le hurgaba la cabeza para quitarle los piojos. Durante otras veladas, con el trasfondo melódico de la lluvia sobre los techos y de los pequeños riachuelos que corrían por el suelo de la choza, su padre entonaba algunas notas melancólicas en una gastada guitarra que adquirió para acompañar los cantos milenarios de los suyos. Por lo general, cenaban en silencio y luego se retiraban a dormir en la densa noche tropical.

Viernes padre le contaba a Viernes, en el idioma aborigen, acerca de las aventuras de Hunajpú e Ixbalanqué. Le narraba sobre la astucia con que los gemelos míticos acabaron con la soberbia de Vucub Caquix haciéndose pasar por curanderos. Le hablaba de cuando los gemelos cerbataneros derrotaron a Zipacná, quien convirtió a los cuatrocientos muchachos en estrellas, y a Cabracán, dejándolos enterrados bajo los cerros. Pero la aventura que Viernes padre prefería era cuando Hunajpú e Ixbalanqué vencieron a los abominables señores de Xibalbá, por medio de actos mágicos y sucesivos engaños. Si bien tuvieron la ayuda de insectos y animales, también fueron capaces de triunfar en un juego de pelota, sobrevivir la casa del frío, la casa de los tigres, la casa del fuego, la casa de los murciélagos y hasta se transformaron en peces. Al contarle estas historias, Viernes padre le enseñaba a su hijo que sólo los actos de magia, los actos de la imaginación y de la astucia, logran derrotar a los varones de las tinieblas. Le gustaba dejarle como idea principal la noción subyacente acerca de la necesaria continuidad en la batalla cultural contra los señores de Xibalbá ("que pierden los padres, pero que ganan los hijos").

Por medio de las fábulas que le contaba por las noches le advertía acerca de los Machojones que encontraría en su camino, aborígenes dispuestos a traicionar a los suyos con el veneno de las palabras y las bebidas; acerca de los Tecunes y Zacatones, aborígenes que pueden llegar a eliminarse por acatar los malos consejos de los brujos y de las mujeres que serían capaces de abandonarlo si alguna vez quedaba ciego, huir de él aunque llevaran un hijo suyo en el vientre. En las historias, Viernes padre le presentaba ejemplos a seguir y a evitar; de esta manera, lo entretenía y lo instruía.

Viernes llevaba a su hijo a las reuniones semanales con los investigadores a cargo del proyecto para que los escuchara hablar de lo que sabían y de lo que esperaban encontrar en el Mundo Perdido de la ciudad de las voces. Eran, más que nada, un puñado de soñadores que abandonaron la comodidad de sus universidades en las grandes urbes del mundo desarrollado para adentrarse en las profundidades inhóspitas de la selva mesoamericana, con el loable propósito de desenterrar la grandeza de una de las más complejas civilizaciones en la historia de la humanidad. Dos de ellos eran nacionales, otros dos de Europa y el restante de Estados Unidos.

Viernes padre admiraba a los jóvenes estudiados que estaban ahí, en medio de la soledad de la selva, intentando compenetrarse en la tierra, ver más allá de lo evidente, para descubrir el hilo soterrado de la civilización aborigen a la que dedicaban lo mejor de sus vidas. Además de ser un grupo pequeño de profesionales que se sometía sin reparo a las mismas condiciones de vida que experimentaban quienes laboraban en el proyecto como peones o guardianes, no concebían su labor como algo exclusivista, para satisfacer ciertos requisitos que impone la carrera científica en las universidades cosmopolitas, sino que compartían sus hallazgos y conocimiento con sus subalternos, a quienes veían con respeto y cierta fascinación. Con frecuencia, los tomaban como sus alumnos y desplegaban sus habilidades docentes, disertando acerca de la historia de la región y de aquellos aspectos sobre la historia aborigen que aún quedaban por investigar. Buscaban rastros de la grandeza precolombina en el Mundo Perdido de Tikal, con una devoción que tornaba su trabajo arqueológico en una profesión de fe. Cualquiera que presenciara la metódica y silenciosa forma en que laboraban, la manera en que pasaban un día entero limpiando con una minúscula brocha la superficie de una roca que parecía tener inscripciones o dibujando con un frágil carboncillo el detalle de los templos en grandes pliegos de papel que guardaban de la lluvia y humedad con un celo religioso, se contagiaba de esa extraña fiebre. Nada en el mundo parecía tener mayor sentido que aquella labor minuciosa y solitaria que desempeñaban con una alegría sin par.

Este grupo de jóvenes arqueólogos motivó a los padres de Viernes a abandonar la pequeña comunidad de peones y excavadores, esa isla en medio de la selva. Migrarían hacia a la ciudad con un único propósito: encauzar a su hijo en el estudio. Viernes padre pensaba, acaso con cierta lógica, que la misión de su hijo en la historia de los suyos era arqueológica.

Cuando el padre de Viernes por fin les contó acerca de sus planes con el pequeño, los arqueólogos dispusieron apoyarlos. Durante semanas, fue el único tema de conversación entre ellos; los demás asuntos, incluso el nuevo embarazo de Ixquic, fueron meras trivialidades que servían de preámbulo o conclusión. Con detalle, trazaron el complejo itinerario que el muchacho recorrería para alcanzar el pináculo de la academia, desde el desventajoso puerto del que partía, al menos en lo concerniente a la estructura oficial del sistema educativo.

Los arqueólogos notaban la intensa formación de Viernes padre, uno de los aborígenes mejor educados en sus propias cuestiones que conocieron en sus múltiples expediciones a la región. Admiraban sus cualidades como cazador y herbolario, destrezas que no se adquirían con facilidad sino que por la enseñanza y la práctica. Consideraron que la disciplina ejercida para aprender aquellos complejos saberes le sería útil para adaptarse a un ambiente radicalmente distinto. La ciudad, creían, era un depredador indómito que se alimentaba de las ilusiones y la carne de los más débiles.

A pesar de las repetidas advertencias que le formularan y los riesgos que entrañaba la travesía, hechas en particular por el abuelo de Viernes padre, el único en su familia que viajó hacia la ciudad con Mario, un hombre que lo convenció de romper la tradición de generaciones, errando por los profundos senderos de la selva. Mario era diputado, explorador, y se topó con ellos surcando el Río Usumacinta, a la altura del riachuelo Macabilero, en donde se formaban unos rápidos que él denominó, errónea pero poéticamente, Anaité. Estaba escribiendo una novela sobre un hombre que se adentraba en la selva por una decepción amorosa y, en vez de suicidarse, se unía a los lacandones. Mario pasó con ellos algunos días y convenció al abuelo de Viernes que lo acompañara; su llegada a la ciudad sería festejada, le dijo. El abuelo volvió apesadumbrado tras meses de ausencia. Nunca habló mucho de su experiencia en la ciudad. En raras ocasiones comentó acerca de la incertidumbre que le produjo dormir detrás de las rejas, en un lugar poblado por animales.

Pese a las recomendaciones del abuelo, Viernes padre quería que su hijo fuera como uno de esos jóvenes idealistas que descubrieron un fragmento monumental del imperio aborigen, con quienes aprendió tanto de los suyos y del significado intrínseco de la vida. Sus recursos monetarios eran escasos pero eso no era excusa para detenerse y menos ahora que su mujer estaba embarazada de nuevo. Al constatar su obstinación, los arqueólogos le dieron dinero extra, indicaciones y hasta ropa, porque consideraron que era preferible que abandonaran esos largos camisones de manta por un vestuario menos conspicuo, antes de llegar a la ciudad. A bordo de un jeep, en un viaje que duró medio día, los llevaron hasta Santa Elena, la población cercana para que tomara el bus que lo sacaría de la selva. Con el dinero de la generosa indemnización, Viernes padre pagó el viaje hacia la capital. Se subieron al bus, ese "armadillo pedorro". Entonces, sólo cuatro buses conectaban el corazón de la selva con el resto del país. El transporte era discontinuo, errático y dependía de que los buses funcionaran o que las lluvias no anegaran trechos sustanciales del trayecto. A nadie le interesaba mudarse hacia la parte más remota de la región. Los que estaban ahí, dispersos en los escasos poblados de la selva, tampoco iban a ningún lugar. Los únicos que llegaban eran los buscadores de fortuna o los que buscaban la muerte, la soledad o el olvido. Aquello era la parte indómita, el reino natural, el misterio primigenio. Llovía todo el tiempo. No había más que selva, interminable, devoradora. La humedad era capaz de arruinar el vestuario, el calzado, los artículos más variados.

Pasaron años antes de que los campesinos empobrecidos de la parte oriental comenzaran a migrar en pequeñas caravanas desde la frustración de la zona desértica hacia las ilusiones de la selva, antes de que las transnacionales descubrieran los yacimientos de petróleo y que los narcotraficantes establecieran ahí su imperio. Entonces, los compañeros de ruta de la familia de Viernes fueron unos cuantos chicleros y un puñado de leñadores que regresaban a la civilización amarillentos, con las orejas y narices carcomidas por la lepra de montaña y las monedas que acumularon durante ese período de trabajo intenso en aislamiento.

El viejo y destartalado bus tardó dos días para salir de la selva, avanzando a vuelta de rueda por un sendero de piedras y lodo que más parecía el lecho de un riachuelo seco, hasta que alcanzaron una zona escuálidamente poblada. El último trecho del viaje inició a medio día, en un poblado cercano al Caribe, de casas de tablones rodeadas de árboles frutales y palmeras. Un bus moderno les cobró el doble de lo que les costó el bus viejo, por las cuatro horas de viaje hasta la ciudad en una carretera asfaltada. Durante las primeras dos horas, recorrieron las plantaciones de bananos en la exuberancia vegetal del trópico, salpicadas de aglomeraciones de casas a la orilla de la carretera. Viernes contemplaba la solemne presencia de la Sierra Madre, las montañas que caracterizaban el horizonte.

Detrás de uno de los cerros que escalaron, el paisaje fue cambiando, atravesaban la breve área desértica del país. Viernes observaba con sorpresa aquel agreste paisaje, desprovisto de la densa y frondosa cobertura vegetal de la selva en la que vivieron. Parecía una pesadilla de imágenes desbordadas: cactus, espinos, arbustos y arena. Quiso cerrar los ojos y llorar o lanzarse a correr por aquella tierra extraña, solitaria. Al cabo de una hora, comenzó el tramo sinuoso de la carretera que trepaba la árida montaña.

Del otro lado de los cerros, el valle que albergaba la que fuera cuarta sede del gobierno colonial y ahora era capital de la República: una suerte de bastión en donde se refugian los dueños de las haciendas, de torreón en donde se ocultan los directores de las órdenes religiosas que apaciguan los ánimos de las multitudes hambrientas, de ciudadela criolla que dominaba sobre la vasta tierra de los aborígenes. La ciudad es una especie de sol alrededor del cual gravitan los múltiples poblados de ladinos, mestizos y aborígenes que laboran para proveerla de los insumos que necesita para seguir con vida y reproducirse; una especie de motor de la maquinaria productiva que se despliega a lo largo y ancho de la tierra de los aborígenes, pero cuya función es suministrar energía a la maquinaria principal, aquella que conecta a múltiples ciudades diseminadas por el globo, asegurándose de que se mantenga el flujo de artefactos, trabajadores y monedas.

Los peninsulares y criollos que conformaban los organismos de gobierno que subyugaba el territorio aborigen llegaron al valle de las Vacas luego de asentarse en Iximché, que abandonaron por temor a la constante insumisión de los aborígenes; del Valle de Panchoy, en lo que se llamó Ciudad Vieja, que fue destruida por el deslave de piedras y lodos que cayó desde la cima del Volcán Hunajpú durante una noche tempestuosa; de la Antigua, en donde residieron casi tres siglos y que abandonaron cuando un terremoto dejó la ciudad en ruinas. *Las fuerzas naturales* (aborígenes, tempestades, terremotos), decían, forzaron los continuos traslados, hasta que llegaron al templado valle.

Como Viernes y su familia llegaron de noche, la primera impresión de la ciudad fue poética: un extenso campo poblado de luciérnagas, una isla entre montañas. Según descendían por el tramo sinuoso, su percepción cambió a una intuición exacta y brutal: una monstruosa aglomeración de personas y construcciones, un lugar inhóspito y salvaje en donde cada quien peleaba por sobrevivir.

La ciudad moderna se asentó sobre los vestigios de lo que fue el máximo centro comercial y político del altiplano central, ubicado en los alrededores del lago Miraflores. *Kaminaljuyú*, una palabra aborigen que significa "Cerro de los Muertos", desde mil años antes de Cristo, se dedicó a la fabricación de utensilios de jade y obsidiana y al ritual del juego de la pelota. Después de deambular por los senderos de la selva, bajo las copas de los altos árboles, las calles citadinas se sentían estrechas, como el lecho de un pequeño riachuelo que enfila entre escarpadas peñas. En una misma cuadra, colindantes, iglesias, edificios de oficinas, hospitales, escuelas, hoteles, tiendas, panaderías, farmacias, cantinas, prostíbulos y casas de habitación. Además, en vez del susurro del viento, el monótono canto de los pájaros o el esporádico rugir de los monos aulladores, había un bullicio artificial acongojante y ensordecedor. De alguna forma que no se explicaban, en algún lugar de esa tremenda confusión, trabajarían para lograr tornar aquella pesadilla en el cumplimiento de su anhelado sueño: brindarle a sus hijos la oportunidad que ellos no tuvieron.

Pensaban que si Viernes llegaba a tener un título universitario eso les daría un boleto de entrada a un mundo casi prohibido para quienes nacieron aborígenes: comprender, por medio del estudio sistemático y orientado, las múltiples e imperfectas maneras en que se relacionan los seres humanos y la forma precisa en que funciona el mundo.

II
Kaminaljuyú

No somos capaces de comprender todos los rasgos que hemos heredado y con frecuencia podemos ser unos extraños para nosotros mismos.

V.S. Naipaul

Por fortuna, coincidencia o designio aún no revelado, unos estudiantes de Humanidades de la universidad estatal se enteraron de la llegada a la ciudad de una familia de aborígenes que por vez primera salía de la selva y fueron a recogerlos a la terminal de buses. A pesar de su privilegiada procedencia de clase, se trataba de un grupo de muchachos entusiastas y comprometidos con las luchas populares y la consolidación de los referentes simbólicos de la nación. A partir del sesgo particular que determinaban sus respectivas formaciones académicas (antropología, filosofía, historia y literatura), los estudiantes experimentaban sentimientos encontrados acerca del papel que desempeñarían en el caso particular, que se materializaba ante ellos, del proceso de proletarización o lumpenización, del campesinado rural que conllevaba la migración del área rural a las zonas urbanas, así como de aculturación de la pureza aborigen hacia la hibridez mestiza. Luego de extensas discusiones, libradas en los antros próximos a la ciudad universitaria, restaurantes, cafés y bares por igual, decidieron apoyarlos. Lo consideraban su deber moral y un gesto humanitario, pero se mantendrían al margen de su proceso de incorporación a la vida urbana, porque no todos compartían que los aborígenes abandonaran las maravillas de su tradicional residencia por las miserias citadinas. De cierta manera, estos universitarios asistían a la manifestación de un fenómeno social más amplio, cuyas implicaciones cuestionaba los fundamentos del ideario político de cada cual.

Miguel Ángel, un estudiante de leyes con pretensiones literarias, la consideraba la mejor decisión para modernizarse, para ilustrarse. La manera correcta para comenzar la incorporación al sistema que les permite a los aborígenes un marco de desarrollo de las condiciones primitivas en que se encuentran hasta alcanzar el nivel social organizado por la civilización europea. De apellido de abolengo, pero de rasgos aborígenes, Miguel Ángel era de la idea que no habría modernidad en el país sin un desarrollo económico ampliamente difundido, pero tampoco habría tal desarrollo sin la integración social de los aborígenes. "En términos culturales, para cruzar el umbral hacia la modernidad, el país necesitaba dejar atrás su lado aborigen (como algo primal, distante), para desfigurar su actualidad, con el objeto de configurar la binariedad entre antiguo (auténtico) y moderno (artificial) en que se basa la modernidad", decía, fundamentando sus observaciones en la experiencia que tuvo al haber vivido en un pueblo mayoritariamente indígena durante una parte de su infancia. Algunos años después corrieron los rumores de la transformación que padeció a partir de su viaje a Europa. Dicen que llegó tomándose a sí mismo como un europeo que tuvo la mala suerte de nacer en América, una suerte de hermano perdido. Sin embargo, comenzó a hacerse pasar por un príncipe aborigen cuando algunos europeos se maravillaron al verlo, pues lo consideraban un aborigen puro, que de una manera bastante cómica vestía a la europea e intentaba hablar en francés. Cuando regresó al país, quiso vivir su ficción y como no encontró eco al nuevo papel que intentaba representar frente a la gente que lo conocía de toda la vida, se marchó del país, argumentando que en él se repetían las vicisitudes del artista incomprendido por su tiempo, en lo cual, quizás, había algo de cierto.

A Luis Felipe, un estudiante de medicina con inclinaciones artísticas y pretensiones aristocráticas, le daba casi lo mismo que los aborígenes migraran hacia la ciudad o se quedaran en el campo. "Total", argumentaba, "son seres que se han quedado desterrados en su propia tierra, peregrinando dentro de sus creencias arcaicas, amalgamadas en los actuales ritos. Se sumergen en la superstición mecánicamente. Ignoran el pasado y viven el presente, deseando sólo que se les deje en paz. Se hallan literalmente aplastados por la miseria y el fanatismo. Han perdido la voluntad de rebelarse, pacientes animales de carga que llevan sobre sus hombros la vida del país. Han estrellado la frente contra los ídolos, sin lograr despertarlos". Lo único que alegraba a Luis Felipe era considerar que la migración suponía un posible mestizaje, que permitiría hablar "ya no de cultura aborigen y cultura occidental, sino simple y llanamente cultura nacional", del cual, se desprendía de sus arrebatadas elucubraciones teóricas, él era el máximo representante, una suerte de rey sin corona, de mandatario espiritual de la nación. Luis era el Papa de los artistas ateos: infalible, irrefutable, sagrado. Más que casi novela, la historia de su vida era casi parodia, pero él no se daba cuenta de eso.

De una manera similar, Juan José, un pedagogo perteneciente a una familia criolla venida a menos, consideraba la migración de estos aborígenes paso ineludible para forjar una cultura nacional cósmica, pues creía que sólo las razas mestizas eran capaces de las grandes creaciones. Juan José veía esto como "la gran oportunidad histórica del país". Consideraba que la historia de todas las naciones evidenciaba el surgimiento de la civilización a partir de turbias prehistorias salvajes, de luchas constantes entre tribus, hasta configurar un mestizaje que lograra una personalidad definida, la unificación de instituciones, religiosas, de costumbres e idioma. En suma, "una nación". Juan José tomaba como la misión histórica de su generación, realizar esa fundación de la nación, basada en la educación, el desarrollo económico y la cultura, concebidas como herramientas para alcanzar "la reconciliación entre lo aborigen y lo occidental". Con los años, militó en política y logró hacer realidad algunas de sus propuestas.

Severo, uno de los estudiantes de historia que migró desde la provincia, argumentaba que el aborigen no era más que "un siervo colonial, un trabajador no libre, amarrado a la tierra de dos formas distintas: como peón de tierra ajena o como mozo-colono labrando una parcela que jamás le pertenecería, obligado a entregarle una porción de su cosecha al dueño de la misma, un finquero cuya producción estaba orientada hacia los mercados internacionales pero que a la vez era una suerte de señor feudal. Además de estas dos modalidades de trabajos forzados, el aborigen estaba obligado a una serie de trabajos para el Estado, la Iglesia y las autoridades locales sin recibir pago alguno: desde la construcción de carreteras hasta el servicio militar". La "desaborigenización", para Severo, conllevaba un imprescindible abandono de las actitudes y temores del siervo, el círculo vicioso del aborigen encerrado en la prisión semántica del sujeto colonizado. Como solución, Severo postulaba que "el paso que estaban tomando estos aborígenes al mudarse hacia la capital, el principal centro de producción industrial del país, era necesario, pues la proletarización y su consecuente aculturación hacia la cultura mestiza-urbana lo iba volviendo abusivo, resentido, *igualado*, un síntoma que evidenciaba una incipiente claridad acerca de las causas de su miseria y el empleo de la rebelión como posibilidad de remediarla". Ubicado el aborigen ya en esa condición de obrero urbano, consideraba Severo, sería susceptible de percibir y luego asumir una "decidida lucha revolucionaria en contra de la oligarquía, como clase dominante en el determinado estadío económico en el que se desenvuelve la lucha de clases en esta parte del mundo, en este período histórico". Por eso, Severo estaba convencido de que el problema aborigen era "el problema de la perduración de las características del siervo colonial en un sector mayoritario del proletariado agrícola".

El parecer de Mario, un estudiante de filosofía, era semejante al de Severo. Para él, eliminar la discriminación de la que eran objeto los pueblos aborígenes por el sistema de clases explotadoras, era "el principal objetivo étnico-nacional de cualquier planteamiento revolucionario". La solución de la cuestión étnico-nacional, según Mario, sólo se daría "desde la perspectiva de una revolución popular que cuestionara desde sus inicios la esencia del capitalismo opresor". Sobre esa base, la solución teórica y práctica a la cuestión aborigen, debería producirse en "el marco metodológico y conceptual del marxismo". En las condiciones que la región experimentaba, consideraba Mario que "el principio del centralismo-democrático debía aplicarse en la solución del problema aborigen al reconocer el derecho a la autonomía local y regional de los pueblos aborígenes, siempre y cuando estén subordinados al programa revolucionario". Mario era simpático, dicharachero y difícil de rebatir. Con quienes presuponían que la acción era más importante que la teoría, decía que lo importante era reflexionar, aclarar las ideas para actuar correctamente. Con quienes presuponían que la teoría era más importante que la acción, argumentaba que la principal tarea del filósofo era transformar el mundo, que hasta entonces sólo se había teorizado y lo que se debía hacer era, apremiantemente, actuar.

Alberto argumentaba que en un lugar tan conflictivo como esta región la sociedad tenía que

transitar por distintas fases para su plena consolidación como el mecanismo idóneo para mejorar la
vida de los individuos. Para Alberto, "la familia estaba al principio y al fin del proceso, pues era la
organización humana más simple y compleja",
constituyéndose en una pareja y sus descendientes.
Por más que se le considerara de otra forma, la
familia era la base de organizaciones sociales más
complejas. En ésta, decía Alberto, la mujer era
quien "anclaba todo el proceso" pues gozaba de la
función relacional por excelencia: conyugal con la
pareja, biológica con los hijos y social con su familia y la familia de la pareja. La política, para Alberto,
no hacía más que "gobernar, reglamentar y regular
las relaciones entre familias", entre grupos domés-
ticos. A la familia, según Alberto, le seguía en complejidad estructural "la banda" fundamentada en la
necesidad de cooperación recíproca entre familias,
basada en una división práctica del trabajo. Para
que la banda sobreviviera, pontificaba Alberto, debía establecerse una relación de armonía entre sus
miembros. Si esta relación armoniosa no existía,
debía "ser creada" por medio de "una ficción que
reforzara los vínculos de cooperación" entre las familias que configuraran la banda. "Una ficción que
los afiliara, a falta de vínculos filiales", repetía Alberto para luego explicar que a la banda, le seguía
la tribu. Al inicio de la vida tribal, el respeto a partir
de la filiación fue suficiente para mantener unidos
los distintos linajes, sin embargo mientras la población crecía se borraba la distinción precisa de "la
familia original". Por eso, recalcaba Alberto, "la ficción de la filiación debía ser mantenida" para garantizar la afinidad. En algunas sociedades, esta

función la cumplía el clan, que aparte de enfatizar el ancestro común del grupo, por medio del tótem, la mitología compartida, emblemas artificiales, eran sociedades ceremoniosas que también disciplinaban a sus miembros para mantener buenas relaciones con otros clanes. Según Alberto, "el Estado era una ilusión que debía mantenerse, por encima de los conflictos grupales y familiares". Por eso, para Alberto, se debía reforzar la vinculación con los aborígenes que recién llegaban a la ciudad, brindándoles una cena de bienvenida y un albergue temporal.

Javier, un escritor que era más bien anarquista, decía que todas esas consideraciones le daban " lo mismo". Aborígenes, mestizos, ladinos, criollos o peninsulares; proletarios, oligarcas, burgueses o lo que fueran, se trataba de personas que llegaban a una situación completamente nueva y él quería simplemente "ayudarlas". A pesar de las diferencias del enfoque de cada cual sobre la cuestión aborigen y el interminable debate entre ellos, los muchachos decidieron, por unanimidad, apoyarlos. Por ello, les prepararon un lugar en la sede de la asociación de estudiantes, ubicada en la universidad estatal, para que pasaran la noche. Se trataba de uno de los cuartos polvorientos, ubicados en el fondo del salón de reuniones, en donde guardaban un par de archivos viejos, escritorios y pintura para escribir consignas. En dicho recinto acondicionaron un par de colchones de paja en el espacio que quedaba libre y listo. La familia de Viernes contaba con una posada temporal, en donde terminaron quedándose un par de semanas, en esa extraña situación que implicaba quedarse en la universidad.

En los días que siguieron Viernes padre descubrió la segregación implícita de la ciudad, trazada a semejanza de una gigantesca cascabel enrollada. En el centro de la principal meseta, rodeada de cerros y barrancos, del extenso valle en que originalmente se estableció, se ubicaban las oficinas de gobierno, los comercios y las casas antañonas de las familias criollas y ladinas que fueron influyentes durante la colonia y la etapa republicana; edificaciones neoclásicas de un nivel, techo de teja a dos aguas, con los salones y habitaciones trazadas alrededor de los patios. A una distancia no mayor de dos kilómetros hacia el norte estaba el barrio residencial de las que fueran las familias criollas de mayor abolengo: pequeñas haciendas con palacetes de dos o tres niveles rodeados de jardines, separados de la calle por altos muros o verjas cubiertas de hiedras. Al oriente se desparramaban los barrios tradicionales de la clase media ladina y mestiza (casas de adobe o cemento de uno o dos niveles, contiguas, techos de lámina de zinc, barrotes en las ventanas), ubicadas en las proximidades del mercado de La Parroquia y La Cuchilla, lugar que en algún momento marcó el límite del área urbana. Al poniente, el hospital nacional, el cementerio y el barrio tradicional de la clase baja ladina y mestiza; casas de adobe de un nivel, adyacentes, aglomeradas. Al sur, la Avenida Reforma, el zoológico, el aeropuerto, los hoteles de la zona turística y la nueva zona residencial de las familias adineradas: amplias mansiones rodeadas de hermosos jardines.

Inmediatamente después, por los cuatro puntos cardinales, está el primer anillo de barrancos, en donde se encuentran los asentamientos precarios más antiguos, de los ladinos, mestizos y aborígenes que comenzaron a migrar hacia la ciudad en condiciones de pobreza, a mediados del siglo: precarias edificaciones de cartón, plástico, madera y láminas de zinc. Más allá, surgen pequeñas mesetas en donde estuvieron establecidas las villas ladinas, los pueblos mestizos o las aldeas de aborígenes que la abastecían de carbón, leña y trabajadores, pero que desde hace cincuenta años pasaron a formar parte del área urbana, ubicándose en las afueras de estos poblados, las nuevas zonas de asentamiento para los ladinos, mestizos e indígenas pobres que recién llegaban desde la provincia. En los cerros del poniente comienzan a surgir las barriadas y en las lomas del oriente, los suburbios de lujosas residencias.

Viernes padre se dedicó a recorrer el complejo entramado de pasillos y callejones que conformaban los barrios bajos en busca de un lugar del cual asirse: El Tuerto, Gerona, La Ruedita y El Gallito. Agotó las orillas de la línea del tren, en donde se ubican los palomares, las cantinas y los prostíbulos más antiguos de la ciudad. Se internó en los barrancos más próximos al centro: La Limonada, La Verbena y Las Vacas. Rumbo al oriente inspeccionó ranchos viejos y casuchas que estaban en ruinas en los que alquilaban cuartos estrechos y húmedos por un precio exorbitante. Estuvo en las ruinas de una casa, que habitaban unas veinte familias, en la que algunos niños dormían en el patio, con los perros. Por la salida hacia el sur, le ofrecieron en arrendamiento pedazos de tierra baldía en donde tendría que levantar una construcción provisional, pero eso le convencía aún menos. No quería que su nueva criatura naciera en un lugar tan insalubre.

Conversando mientras iba en el bus con otras personas que atravesaban una situación similar, se enteró de que algunos de los recién llegados, a falta de recursos, tomaban como propio un pedazo de barranco desocupado, siempre y cuando el lugar fuera medio solitario y agreste porque así era menor la posibilidad de que fuera un terreno privado y luego los desalojaran. Hasta le recomendaron que fuera a ver uno, un tramo escasamente transitado, a un par de kilómetros de la vieja parroquia, en la vera de la antigua carretera hacia Chinautla. Aunque a trasmano, el barranco se encontraba deshabitado y cubierto de monte, como un guatal descuidado o un pedazo de naturaleza aún no devorado por la ciudad; uno de los tantos barrancos ubicados en las afueras de la ciudad que poblaban aborígenes como ellos, recién llegados desde quién sabía qué remotos parajes de las sierras o las selvas.

Sin meditarlo más, a pocos pasos de la carretera, Viernes padre estableció una choza, con horcones de madera y techo de cartón y láminas viejas. Sobre un pedazo de tierra que limpió de monte y apelmazó lo mejor que pudo, levantó dos diminutos ambientes (el dormitorio y el comedor, cocina y sala que a la vez hacía de dormitorio para el niño) y agarró una tajada para que sirviera de patio para poner la pila para lavar la ropa y los dos toneles de lata que consiguieron para guardar agua y tener unas cuantas gallinas en cuanto se pudiera y sembrar unas sus matas de milpa. Llamarle "casa" a ese conjunto de tablas, láminas y cartones quizás era una exageración, pero tampoco le iban a decir "choza" o "estancia" a pesar de que tenía un patio ancho, en donde ubicaron los perros, un árbol de guayaba, las gallinas, unos nísperos, los chuntos y hasta un par de cerdos y un pedazo con milpa, que los conectaba con las otras chozas. Luego, mandó a traer a su familia para que se asentaran ahí. Agarraron buen lugar, en un punto en donde la ladera no era tan empinada.

Conforme fueron pasando los días llegaron otras familias, que, en medio del terreno escarpado, tomaron posesión de los lugares según les gustara y lo hallaran conveniente. Muchos de los que poblaban aquel lugar, que llamaban "barrio" aunque los que no vivían ahí le decían "asentamiento", abandonaron parcelas, sembradíos, hortalizas, ovejas en la provincia. Se asentaban en aquellas minúsculas construcciones de lámina y cartón, pensando que sería una vivienda provisional, mientras conseguían uno de los tantos trabajos que decían que se lograban conseguir en la ciudad, se fajaban unos años, ahorraban un su poco y salían hacia un barrio obrero con casas de ladrillos o cemento y anchas calles asfaltadas en vez de los estrechos vericuetos que, torcidos y empinados, descendían, conectando las chozas unas con otras, hacia lo profundo del barranco, en donde corría un riachuelo de aguas negras.

Desde su fundación, el barrio cobró un extraño carácter de pirámide invertida. Al borde de la carretera se encontraba la única amplia entrada a la maraña de encaminamientos y callejones que se internaban en el barrio; en la entrada, se ubicó una pequeña tienda de artículos de primera necesidad, como anunciaba el rótulo que pintaron sobre la puerta, y enfrente otra tienda que también hacía de cantina. A unos diez pasos de la carretera, se daba con la encrucijada de los tres callejones principales, de no más de dos metros de ancho, llenos de gradas, curvas y torceduras, que se adentraban en el barranco y se ramificaban en pequeños encaminamientos, hasta desembocar en un lodazal, que servía como campo de fútbol, a la orilla del riachuelo de aguas negras, terreno que se anegaba en el invierno. La mayoría a los pocos años quizás levantaban una pared de block o un cuarto extra para los nuevos hijos, mientras, casi sin darse cuenta, lo que pensaron provisional se tornaba permanente.

El barrio se fue poblando de hombres y mujeres entregadas a las más diversas ocupaciones: achimeros, afiladores de cuchillos, albañiles, alfareros, cargadores de bultos, carniceros, carpinteros, cocineras, cuidadores de carros, electricistas, enfermeras, fleteros, fotógrafos, herreros, jardineros, ladrones, lavadoras de ropa ajena, limosneros, marchantes, mecánicos, oficinistas, padrotes, panaderos, plomeros, pilotos de bus, policías privados, prostitutas, secretarias, sirvientas, taxistas, tortilleras, tramitadores, vendedores ambulantes y zapateros. Durante el día se desparramaban por la ciudad y volvían de noche cargados de historias acerca del diario acontecer nacional. Cualquiera se enteraba, mejor que en cualquier periódico o telenoticiero, de la vida y milagros del devenir político y comercial del país con tan sólo escuchar lo que hablaban aquellas personas que trabajaban al servicio de una amplia cantidad de diputados, profesionistas, empresarios y negociantes. Sin embargo, de lo que más hablaban era de los problemas familiares que atravesaban. Había padres ejemplares, niños bien portados, borrachos irremediables, insaciables coleccionadores de amoríos, buscapleitos, maridos salvajes, maridos engañados, amantes celosos, hijos desbordados, hermanos consentidos, novios mujeriegos, solterones alegres, divorciados amargados y viudos resignados. Había madres abnegadas, buenas esposas, madres solteras que golpeaban a sus hijos, mujeres siempre embarazadas, esposas negligentes, hermanas crueles, novias promiscuas, esposas infieles, mujeres amargadas, mujeres de la supuesta vida alegre. Pero, sobretodo, jóvenes en edad de comenzar una familia y continuar el ciclo.

La madre de Viernes, con seis meses de embarazo, se ofreció como sirvienta en la zona residencial ubicada en la entrada del barranco. Ahí vivían abogados, arquitectos, burócratas, casatenientes, dentistas, doctores, economistas, gerentes, ingenieros, maestros, propietarios de comercios, pequeños finqueros, veterinarios y demás profesionistas o herederos. Fue contratada en la casa de un médico, bajo la estricta vigilancia de la esposa del médico, una señora histérica y caprichosa que pasaba la mayor parte del día frente al televisor o hablando por teléfono con las vecinas. La señora estableció que su horario de trabajo sería de las seis de la mañana a las siete de la noche y estaría a cargo de hacer la limpieza, la comida, lavar y planchar la ropa, cuidar al perro y las demás cosas que se le ocurrieran a la señora por un poco menos que el salario mínimo. Aunque la familia del médico no era muy numerosa (la esposa, dos hijos casi adolescentes, una niña y la abuelita), la señora era exigente e infalible. Para comer, le daban frijol y tortillas, aunque ella misma les preparaba carne, arroz, verduras y demás platillos a los patrones. Al nada más llegar, su obligación era hacer el desayuno y luego barrer, regar las plantas, trapear, recoger la mesa, lavar platos y después la ropa mientras la señora roncaba. "Lava bien", le advertía la señora al despertarse a media mañana, "porque si no, te voy a echar". Mientras la señora platicaba por teléfono con las vecinas acerca de lo caro que estaba todo, Ixquic iba al mercado, antes de preparar el almuerzo, servía y recogía la mesa, lavaba los platos. Por la tarde, mientras la señora se recostaba para ver las telenovelas, aunque por la atención que les dedicaba más parecía que las estudiara, Ixquic planchaba y doblaba la ropa; luego, preparaba la cena, servía y recogía la mesa, lavaba los platos.

Apenas le dieron unos días de descanso cuando nació Balam, su segundo hijo, a quien cargaba en la espalda, amarrado en un perraje, mientras trabajaba; o lo ponía en una caja en donde pudiera observarlo. El trabajo en la casa del médico era agotador; en todo momento del día, había algo qué hacer y nunca terminaban las exigencias de la patrona. "Lo hago por pura necesidad", repetía. Ixquic trabajó para esa gente, a quienes consideraba desagradables, durante casi dos años. Hasta que nació Ixchel, su primera mujercita, hasta ahí aguantó someterse a aquella faena diaria.

Entonces, le habló a Viernes padre y le compartió su decisión de dejar el trabajo de sirvienta y poner una su venta de comida en la calle, en un lugar transitado que "ya tengo visto, sólo es cuestión de comprar una mesa", le dijo. Le aclaró que tenía el dinero ahorrado, que le pedía permiso pues buscaba no depender más de ninguna señora que le estuviera gritando cómo debía hacer las cosas.

Así fue como Ixquic se lanzó al mundo de los pequeños empresarios del sector informal, poniendo una venta de comida, en un lugar conocido como La Cuchilla, una esquina transitada, cerca del mercado La Parroquia. Se trataba de una mesa de pino rústico, cubierta por un mantel de plástico, sobre la cual colocaba bocadillos preparados con sus manos y desvelos: tamales de maíz, plátanos rellenos de frijoles, tortillas tostadas cubiertas de salsa o guacamole, frescos de súchiles y tamarindo, jugos de naranja.

Viernes le ayudaba un poco con la venta, a cuidar a sus hermanitos, a vender los periódicos. Mientras daba rojo el semáforo de la esquina, Viernes observaba las fotografías y leía aquellas noticias, preguntándose a qué causas invisibles y portentosas se debía que esos hechos privados fueran ahora de conocimiento público, qué suerte de magia convertía a alguien común en figura conocida, que gozaba de cierta fama sin tener los méritos que Viernes consideraba indispensables: honestidad, carácter, responsabilidad, firmeza. Cuando los autos se detenían, Viernes se metía entre éstos y anunciaba a gritos los titulares del día y el nombre de los periódicos *El Nacional*, *La Prensa*. En sus pequeñas manos Viernes le ofrecía al mundo aquel conglomerado de papel que contenía cierta visión efímera y tumultuosa de la historia que se consolidaba ante el público. Distribuía fragmentos de la historia, algunos de los cuales se sedimentaban y los más terminaban como rescoldos y olvido.

Mientras tanto Viernes padre se empleó de cargador de bultos en varios mercados cantonales, fue ayudante de panadero, le hizo un poco a la carpintería, lavó carros en las afueras de las iglesias, ofreció diversos productos de puerta en puerta, vendió bagatelas en las esquinas hasta que logró emplearse como albañil en una obra. Durante años, alternó oficios según el vaivén acostumbrado en la industria de la construcción (era albañil durante la semana y lavaba autos los sábados y vendía ropa de niño en las afueras de los mercados los domingos), un tanto más estable que los oficios de la picaresca, dependientes de la astucia propia y la mala conciencia ajena, pero qué les quedaba.

La esperanza de que su hijo mayor lograra superar, algún día, la condición de los suyos mantuvo a sus padres agarrados de la ciudad, pasando penas para comprar los útiles escolares, libros de texto o de consulta, rudimentarias herramientas del conocimiento, para que el pequeño aprendiera, escalara paulatinamente la empinada pirámide del conocimiento. Viernes era el más aplicado de los tres niños a los estudios. Balam era simpático y astuto, pero rebelde. La niña Ixchel era hermosa, coqueta y querendona. A Viernes padre le gustaba sentarse con ellos en la noche, dejar que lo abrazaran, que se treparan sobre él. Luego, después de la cena, lavarles los dientes en la pila del patio y asegurar que estuvieran bien tapados en sus camitas, en ese estrecho cuarto donde dormían todos amontonados a la par de la mesa, a un par de pasos de la puerta de entrada.

Viernes padre se convencía a sí mismo de aguantar esas míseras condiciones pues más que albañil se consideraba un sacerdote aborigen que escalaba las pirámides contemporáneas para dejarles ofrendas a los ocultos dioses de antaño, clamando por la restauración del imperio usurpado. A pesar de que los conquistadores los tiraron y despedazaron, sus dioses no estaban muertos. Más bien, permanecían ocultos, librando una batalla soterrada y silenciosa desde los templos ancestrales sobre los cuales se erigieron las catedrales, desde los lugares que sirvieron de base para las ciudades modernas. A Viernes padre le parecía curioso que los gerentes que habitaban las pirámides que él edificaba, ignoraban los ritos que se llevaban a cabo durante las construcciones, los sacrificios aborígenes con los que se constituían aquellos sitios de observación y dominio. Los patronos lo veían como un simple albañil, cubierto de mezcla, sudoroso, maloliente, pero, bajo aquel ropaje pasajero y un tanto harapiento, Viernes se sabía un profeta oculto del cambio futuro, uno de los constructores del orden por venir, invisible aún, mas en decidida gestación.

Mientras su padre edificaba las modernas pirámides, Viernes cuidaba a sus hermanitos y se aplicaba lo más posible al estudio. De madrugada, salían juntos a colocar el puesto de venta de su madre, llevar la mesa y los trastos con las comidas, acomodar a sus hermanos en sus cajas de madera y vender periódicos hasta que llegara la hora de ir a las clases. Entonces, aunque a veces se detenía brevemente frente a las vitrinas de los comercios, principalmente ferreterías y comedores, y los prostíbulos, más corriendo que andando, Viernes recorría la Calle Martí, una de las arterias más transitadas de la ciudad, de La Cuchilla hasta el mercado La Parroquia, antes de internarse en la calle poco transitada de la escuela pública a la que asistía. Se trataban de dos galeras de paredes de cemento y techo de láminas, ubicadas en medio de dos barrancos (de los barrancos en donde él y muchos de sus compañeros vivían) y enfrente al famoso "Campo de los lecheros", al cual llevaban a pastar las pocas vacas y cabras que iban quedando ante el paso devorador de la ciudad.

La escuela estaba en un lamentable estado de abandono, como la mayoría de las instituciones públicas: la pintura de los edificios desteñida y descascarada. Durante el invierno, la lluvia se colaba por el techo, obligando a mover los escritorios a los lugares sin goteras. Rara vez había agua en los sanitarios, que permanecían cerrados salvo emergencias. La mayoría de pupitres estaban en pésimo estado, la madera de la paleta o asientos rota, rajada o carcomida por la polilla. Cada mañana, antes de entrar a las aulas, los niños se formaban en el patio y cantaban el himno nacional.

Los primeros dos años le dio clases un maestro bravucón, de esos arrugados de tanto tener el ceño fruncido y con halitosis. Viernes olvidó el nombre, pero recuerda la sempiterna expresión de enojo con la que impartía las clases. Era medio centenar de niños y niñas los que padecían su mal humor, sentados con la espalda recta y la mirada fija en el pizarrón mientras sermoneaba acerca de las buenas costumbres, poniéndose de ejemplo. Al nada más llegar, los formaba en filas, firmes, sacando el pecho y metiendo la panza, como soldados recibiendo órdenes antes de partir a la guerra. Era silencioso, intempestivo y rencoroso. Se paseaba por la clase somatando una regla de madera sobre los escritorios para asustarlos. La primera actividad del día era hacer planas, repitiendo las mentiras conocidas: "mi mamá me ama, mi mamá me mima". Luego les dictaba interminables discursos y enseñanzas morales hasta que la mano se les dormía y escribían mecánicamente lo que decía aunque estornudara o saludara a una maestra vecina. No aceptaba interrupciones. Si querían ir al baño, se aguantaban de manera embarazosa y no siempre efectiva. Algunos no resistían la dura prueba librada contra sus propias fuerzas y se entregaban al más humillante acto de la infancia, especialmente rodeado de los compañeros de clase. Sin embargo, no se mofaban; todos comprendían aunque no pudieran hacer nada al respecto. Llegaba la hora en que designaba a uno de los niños para traer el atole, un compensador nutricional que proporcionaba el gobierno. El maestro lo repartía alabando su infinita bondad por el servicio que les prestaba. Según les decía, jamás terminarían su deuda con él, por lo mucho que les enseñaba, con todo lo que sacrificaba por ellos, "partida de malagradecidos" como los llamaba. Los ponía en reposo, para que no interrumpieran su siesta, forzados a reprimir la risa cuando escuchaban sus ronquidos. Luego, los dejaba salir a recreo, uno por uno, según se portaran durante las dos horas y media de clase. Cuando Viernes era llamado, caminaba hacia la puerta, con respeto, le agradecía su bondad en dejarlo salir a jugar y se despedía diciendo "con permiso". Tan pronto como cruzaba el umbral, corría imaginándose jaguar. Lanzaba rugidos mientras llegaba al campo de lodo en el que jugaba pelota con los demás compañeros que también estaban ladrando o maullando o haciendo un sonido raro que se inventaron para personificar al mamut.

Se organizaban los equipos, cada cual defendía una portería y se ponía la pelota a rodar. Nunca hubo defensas o delanteros o medio campistas. La alegría más intensa era correr tras la pelota junto con todos los demás jugadores, en plena molotera que avanza, como si fueran un enjambre que en vez de zumbar reía y pateaba el balón en el momento en que cayera cerca de los pies sin importar para dónde. Algunos metían goles, lo cual provocaba risas, gritos, abrazos y más risas. Lo importante era gritar gol, correr salpicando lodo, con los brazos extendidos hasta llegar a un punto en donde los demás festejaran juntos, alegres de jugar al aire libre, lejos del aula en donde les esperaba el silencio y la cara arrugada del maestro que no se reía.

Los años siguientes le impartieron clases distintas maestras. Cuando no estaban en huelga, enfermas o ausentes, las maestras atendían, con desgano y fastidio, sesenta niños por aula; la mayoría de docentes provenían de una clase social media y por lo tanto sus condiciones de vida eran bastante mejores que la de la gran mayoría de sus alumnos. Rara vez impartían clases; lo más, ponían algún alumno a dictarle la lección al resto o a hacer planas, para que se estuvieran callados y quietos. Más que enseñarles o motivar las aptitudes creativas de los alumnos, los maestros se dedicaban a reprimir su espíritu inquieto. Más que estimularlos a indagar sobre las maravillas del mundo, a aprender el método científico o a las manifestaciones del arte, la escuela, por esos años, estaba obsesionada con que el alumno tuviera buena letra, una letra caligráfica, copiara con exactitud el texto que le dieran, tomara cualquier dictado.

Muchos de sus compañeros eran mayores que él, habían repetido un grado o varios, no sabían leer ni escribir adecuadamente y preferían molestar a poner atención a la serie de incoherencias que espetaban sus maestros con tono autoritario y actitud desdeñosa. Incluso había un adolescente de quince años que no sólo cursaba el primer año de la primaria junto con los niños de siete y ocho, sino que también le gustaba pegarles a sus compañeros para dejarles claro quién mandaba; a veces les pedía el pan con frijoles que llevaban para la refacción, o el dinero. Eso sólo lo aguantó Viernes, porque cuando Balam, su hermano menor, comenzó a ir a la escuela, él lo protegía de los niños de su edad. Entonces, Viernes cursaba cuarto primaria. A Viernes le gustaba tener con quien ir y venir de la escuela, tomados de la mano, en silencio pero enfrentando juntos el complicado mundo de los adultos. Le gustaba también contar con quien jugar canicas o bailar el trompo a la hora del recreo.

Cuando estaba en quinto primaria algunos de los compañeros de Viernes empezaron a reunirse en las afueras de la escuela. Los muchachos no entraban a clases sino que recorrían las calles del centro en grupo. Cuando llevaban algo de dinero, jugaban maquinitas o invitaban a las compañeritas a comer helado. A veces, pasaban tocando los timbres de las casas o entraban a una tienda, agarraban algo y se fugaban sin pagar. Poco a poco, las travesuras se hicieron pequeños delitos y luego crímenes. Algunos pequeños asaltos a transeúntes desprevenidos, se volvieron violentos. Así sin darse cuenta en qué momento exacto sucedió, surgieron las pandillas. Primero fueron los atracos a los autobuses, luego a los pequeños negocios hasta llegar a los bancos.

De cuando en cuando esos niños que delinquían regresaban a las aulas, intentando reencauzarse en el sistema, buscando un camino distinto al que transitaban violentamente hacia la muerte. Pero una vez ahí, veían derrotadas sus ilusiones por un absurdo autoritarismo didáctico. Como eran inquietos y a la vez inteligentes, se dedicaban a molestar, cansados de hacer planas, de copiar la lección de un libro o de tomar dictado. Los mayores hasta llegaban a organizar o provocar peleas entre los mismos compañeros o a exhibir sus genitales en el aula para sorpresa de sus compañeras y, en ocasiones, el deleite de sus maestras, algunas de las cuales se involucraron pasionalmente con los muchachos, tanto como los maestros con algunas de las alumnas. Lo anterior no fue un fenómeno extendido sino que una práctica ocasional, que dio lugar a anécdotas que se tornaron míticas: la profesora que llegaba sin ropa interior y que se encerraba en el aula con el o los alumnos escogidos mientras el resto estaba en recreo o en el campo; el profesor que obligaba a las alumnas a quedarse en clase después de la salida.

Sin embargo, lo más común era que los muchachos no cesaran de hablar en voz alta sobre los programas en la televisión, los últimos juegos de video o incluso de sus más recientes fechorías. Las maestras se cansaban de tenerlos en clase, de no saber qué hacer con ellos, de ignorar cómo imponerles un orden que era obvio tampoco en sus casas conocían y entonces, en vez de complicarse o arriesgarse, sacaban a todos los alumnos al patio para que jugaran lo que les viniera en gana mientras llegaba la hora de salida.

Viernes salía a recreo con sus demás compañeros a patear una pelota de plástico forrada con otra, pero cuando los sacaban al campo, que era casi todos los días, prefería quedarse en clase viendo los libros llenos de letras e imágenes. Sus maestras creían que se trataba de un niño pasmado, distraído, tímido, volcado dentro de sí mismo, que en vez de jugar y aprovechar el tiempo libre, se quedaba en clase leyendo libros de temas que no vendrían en los exámenes de fin de año, libros que le conseguía sus padres. Algunos de sus compañeros lo molestaban por su retraimiento, lo pasaban empujando por detrás, le jalaban el bolsón o le quitaban sus libros hasta hacerlo llorar; no obstante, la mayoría reconocía la importancia del estudio y no se metían con él. Lo dejaban estar, que estudiara si él quería. Con tal de que les ayudara con las tareas de vez en cuando o les diera copia en los exámenes, hasta los más rudos lo protegían. A veces le llevaban alguno de los libros que caían en sus manos, para que él los aprovechara. A veces, le daban plática y hasta se animaban a presentarles sus dudas e inquietudes, les daba curiosidad que él supiera tanto de tantas cosas; era como tener de compañero a un fenómeno de circo, una suerte de diccionario ambulante. Sin embargo, si trataba de pasarse de listo o adoptaba un tono magisterial, sus mismos compañeros lo reñían, empujaban o hasta le pegaban manadas en el estómago: "para que no te creás", le decían.

Cuando eso pasaba, Viernes se aguantaba las lágrimas para que su hermano no lo viera llorar. Pero Balam se daba cuenta y se enojaba. Balam (quien a pesar de ser menor, era tremendo), le prometía a Viernes que cuando él creciera "nadie se atreverá a molestarnos". Dos veces intercedió Balam por su hermano Viernes, dos veces se enfrentó a puñetazos y patadas con niños mayores que él, dos veces salió sangrando pero victorioso. Por eso cuando la pequeña Ixchel comenzó a ir a la escuela, aunque Viernes los llevara por las calles era Balam quien se encargaba de que ninguno de sus compañeros la molestara. Ixchel, a su vez, era la que se encargaba de sus hermanitos Atanasio y Pedro, que nacieron con menos de un año aparte, y luego de la pequeña Mayarí.

Así fue creciendo Viernes con tardes no de juego sino que de responsabilidad. Cuidaba a sus hermanos y estudiaba, metido hora tras hora en la humedad de su choza mientras atendía a los pequeños y esperaba que regresaran sus padres, supervisando tareas, poniéndolos a dibujar, jugando al trompo, a las canicas y a la pelota con ellos y luego leyendo libros y revistas sobre los cuales luego le preguntaría su padre. Prefería las revistas de actualidad, las narraciones de hechos históricos, novelas de aventuras, biografías, libros científicos, ensayos sobre aborígenes de otras partes del mundo. Las noches de fin de semana, mientras sus compañeros le daban rienda suelta a los instintos, Viernes fatigaba los folios; sus ojos, eran entonces dos catalejos que exploraban las dunas que se configuran y desdibujan a merced de la interpretación retrospectiva.

Algunos domingos Viernes jugaba de portero en los partidos del barrio y los muchachos eran un poco menos rudos con él. Era un guardametas decente, que poseía un buen instinto y no tenía miedo a lanzarse tras un balón; además era el hermano del goleador del barrio, el pequeño Balam. Daba gusto ver a Balam correr tras el balón, dándole unos toques suaves con sus pies descalzos como si la estuviese acariciando. A veces parecía dirigirla por medio de la fuerza magnética que irradiaba de su cuerpo y lo unía a la pelota, hasta que la pateaba para el pase o para hacer el gol. Aparte de ser el hermano mayor de Balam y un portero decente, todos sabían cuál era el rollo de Viernes y a pesar de que no era el de ellos, les agradaba que al menos uno en el barrio fuera un engasado de los estudios. Además, los fines de semana Viernes se detenía en la entrada del barrio, se sentaba con ellos y les contaba sobre los aborígenes que alguna vez señorearon estas tierras, sus prácticas y costumbres, la forma en que concebían la vida y el mundo. Viernes les contaba acerca de los sacerdotes aborígenes, ojos de jaguar, personas consagradas a la lectura de los cielos, a preservar el registro de la cuenta de los días, capaces de exigir a los hombres trabajo, tributos y la conservación de los rituales y el orden social. A los muchachos, en cambio, les gustaba escuchar sobre "las guerras floridas", que se entablaban entre los guerreros aborígenes, colmillos y garras de jaguar, para conseguir víctimas para ofrecer como sacrificio a los dioses, en particular a Huitzilopoctli, el sol-dios de la guerra. Durante una profunda crisis de causas ignoradas, explicaba Viernes, algunos aborígenes pensaron que la mejor ofrenda para apaciguar a los dioses y restablecer el equilibrio natural, eran miembros de su propia especie: fieros guerreros enemigos, codiciadas doncellas. Según lo que pensaron aquellos ancestros desesperados, que desarrollaron una particular obsesión con el cumplimiento de las profecías de destrucción y muerte, las fuerzas del sol estaban siempre en lucha contra las fuerzas de la noche. Según estas profecías, el sol ha sido vencido en cuatro ocasiones distintas: implosiones, tempestades, cataclismos, incendios. El sol, el quinto sol, el actual regente, necesitaba sangre humana para revitalizarse y seguir en el combate. Los sacerdotes, utilizando un puñal de obsidiana, abrían el pecho de sus víctimas y les extraían el corazón palpitante como máxima ofrenda. También los guerreros oficiaban una serie de sacrificios personales, en los cuales se punzaban la lengua, los labios y los lóbulos de las orejas o se tatuaban. Buscaban morir heroicos en el campo de batalla para obtener el privilegio de ascender a los cielos y participar en la lucha perpetua contra las tinieblas. Porque Viernes sabía los caminos de los ancestros, los pandilleros, incluso los más violentos, lo veían al suave. A veces, Viernes les decía "guerreros, mis guerreros", cosa que les causaba mucha gracia y los hacía sentir orgullosos. Por eso lo saludaban con afecto y admiración. Después de todo, la consigna de la pandilla era "el barrio primero" y, aunque débil y extraño, Viernes era del puro barrio.

III
Encomienda

—Ya es un hombre, señor don Joaquín— dijo
mi padre, señalándome. Con él he cruzado
cinco veces las cordilleras; he andado en las
arenas de la costa. Hemos dormido en las
punas, al pie de los nevados. Cien, doscien-
tas, quinientas leguas a caballo. Y ahora
está en el internado de un colegio religioso.
¿Qué le parecerá, a él que ha trotado por
tantos sitios, el encierro día y noche? ¡Pero
estás en tu colegio! ¡Estás en tu lugar verda-
dero! Y nadie te moverá hasta que termines,
hasta que vayas a la universidad.

José María Arguedas

Los aborígenes no fueron un pueblo sin escritura;
al contrario, la suya era de una complejidad tal que
aún no ha sido descifrada por completo. Sus inscripciones fueron en múltiples texturas: en cortezas
de árboles, en los nudos de las cuerdas, en las piedras, en los *amoxtli* (mal llamados "códices" por la
cultura occidental). Aún se ignora gran parte del
significado de la escritura aborigen plasmada en
los jeroglíficos, por ejemplo, en paneles que recubrían lados completos de las edificaciones, en an-
gostas estelas de varios metros de alto, en dinteles

de madera. Los expertos han llamado "bloques glíficos" a los elementos cuadrados que componen las unidades separadas de cada inscripción. En general, cada glifo contiene un signo principal dominante que ocupa la mayor parte del bloque y, añadidos, los correspondientes afijos, elementos menores.

Algunos signos tienen dos formas; una es abstracta y geométrica y la otra es una cabeza humana, de animal o de pájaro, que supuestamente representa a un dios o personaje mitológico. Knorozov demostró que el texto jeroglífico funciona con base en sílabas: grupos de consonantes más vocales; la mayoría de los verbos nombres son monosílabos formados por consonante, vocal, consonante. Solamente los sacerdotes y los gobernantes conocían a fondo el calendario y los símbolos jeroglíficos. Éstos fueron registrados en piedra, aunque también pintados en cerámica, en paredes, en cortezas de amates, en cortezas de higueras.

Aparte de las inscripciones sagradas, vinculadas al conocimiento del firmamento, la escritura aborigen descifrada refiere sus cruentas y recurrentes guerras. Se ocupan de las vidas y ambiciones de la nobleza. Registran los nombres y hazañas de las ciudades, dinastías e individuos, el éxito en las batallas y en el juego de pelota. Por ejemplo, uno de los escritos relata cómo los sacerdotes llegaron a exigir más sacrificios para los dioses, demandando templos cada vez más grandes, alejando a la población de sus labores agrícolas hasta llegar a la hambruna. La población se sublevó, invadió los templos, destruyó todo aquello que representaba dominio, hasta llegó a eliminar a los gobernantes.

Cuando Viernes se graduó de la escuela primaria, sus buenas notas le dieron el pase para el "Central", considerado el mejor instituto público de las proximidades, probablemente del país. En algún momento fue un establecimiento de categoría y de aquel momento de gloria tan sólo conservaba el prestigio. Se ubicaba en una amplia edificación de un solo nivel, distribuida a semejanza de un convento colonial, frente al Congreso y al costado de lo que fuera la Facultad de Derecho de la universidad estatal. Aunque la calidad de la educación que se impartía estaba por los suelos, aún era mejor que el resto de los institutos públicos de educación media de la ciudad: Comercio, la Normal, el Aqueche, el Zapata, que con frecuencia por los barrotes colocados en las puertas y ventanas y el trato que recibían los alumnos de parte del claustro de profesores algún transeúnte desprevenido podía pensar de que se trataban de centro de detención de menores. Sin embargo, para entonces la principal fama del Central radicaba en que ahí asistían, porque no se puede decir que estudiaban, los pandilleros más temidos del centro, los cuales se dedicaban al pillaje de los comercios de los alrededores y los asaltos a los peatones incautos, o se enfrentaban en las calles con las temidas pandillas de las periferias: la Mezquital, la Carolingia, la Nimajuyú. Temeroso de permitir que su hijo estudiara en dicho establecimiento, porque tendría que unirse a la pandilla o pagar las consecuencias, Viernes padre lo inscribió en un colegio católico, en donde estudiaban la clase media y media baja. Aunque representaba un sacrificio económico que una orden religiosa educara y adoctrinara a su hijo,

Viernes padre estaba satisfecho con su decisión: Viernes asistiría a un colegio para la secundaria, mientras Balam e Ixchel terminaran la primaria en una escuela pública. Viernes padre no quería que su hijo mayor participara en las modernas "guerras floridas" que se libraban entre los adolescentes de la ciudad. No obstante, estudiar en un establecimiento un poco por arriba de su propia clase tuvo un alto costo para Viernes.

El colegio quedaba mucho más lejos que la escuela del barrio. Si antes caminaba las cinco cuadras entre su casa y la escuela, ahora tendría que tomar un bus del transporte urbano para atravesar el centro de la ciudad. Los buses siempre iban atestados, máxime en la hora pico. Para Viernes, resultaba incómodo comenzar el día colgando de las puertas de un bus con tal de llegar a tiempo al colegio. Esperar otro daba lo mismo; a la hora pico todos transitaban al límite. Viajar adentro, estrujado, era aceptable; total, ya estaba acostumbrado. Pero varios colgaban de la puerta. "Córranse para atrás", gritaba el piloto para que subieran más pasajeros. "Córranse, por favor", le gritaba a la muchedumbre que lleva a bordo. "Ya les dije que atrás hay salida". A medida en que avanzaba el bus, con los vidrios rotos, circulando aún a base de puros chapuces porque nunca había para los repuestos, expeliendo humo, deteniendo el tráfico, abriéndose paso de forma imprudente, se suscitaba el desfile de merolicos, pedigüeños y, algunas veces, de ladrones.

Viernes prefería regresar caminando del colegio, pues el centro lo distraía con sus vitrinas y ventas callejeras. Aún entonces, el centro era una suerte de mercado de pulgas extendido. Los precarios pero permanentes puestos de ventas desaparecían por las noches para reproducirse, aumentados, a la mañana siguiente. Lo primero que se establecía era una venta de chicles y cigarros en las esquinas. Luego, las ventas de peines, los espejos, las pomadas, repuestos para licuadoras. Después, las de fotografías de artistas y juguetes. Le seguían las de mochilas, zapatos y ropa. Por último, las de casetes y aparatos eléctricos. Todo un mercado en apariencia improvisado pero en realidad sumamente estructurado, que ocupaba una franja de la banqueta y parte de la calle, instalándose en el espacio liminal entre el peatón y los autos.

La procedencia social de sus nuevos compañeros era distinta. En vez de ser hijos de albañiles, pilotos de autobús, jardineros, cargadores de bultos, mil oficios, sirvientas, tortilleras, ladronzuelos, prostitutas y mendigos, sus compañeros eran hijos de propietarios de pequeños negocios (panaderías, carnicerías, puestos del mercado, autobuses), burócratas medios de instituciones estatales o profesionistas. Nunca antes se había sentido distinto a sus compañeros, foráneo al grupo, y ahora lo era y sus compañeros no perdían oportunidad para hacérselo ver. Hasta entonces se dio cuenta de que hablaba empleando una cadencia y un vocabulario distinto al de ellos; era un poco más moreno y pequeño. Sus zapatos eran sencillos; su uniforme, modesto, hasta su bolsón era el más humilde. A simple vista se notaba que era el más pobre de su clase y eso se convertía en un motivo de burla. Lo veían de menos, así de simple; como un sirviente que intentaba usurpar un lugar que no le correspondía, así de complejo. Al principio, nadie se acercaba a él por temor a contagiarse, a ser asociado con alguien que usaba tanto la jerga de los pandilleros y la de los diccionarios y que se notaba que no era más que un pobre y confundido aborigen, fuera de lugar. Nadie quería jugar con el que podía ser el hijo de la sirvienta, el hijo de la tortillera, el hijo de una puta.

Durante meses lo llamaron por medio de apodos denigrantes y expresiones peyorativas que resaltaban su condición social y étnica. "Igualado", le decían: "oportunista, trepador". "Cholero", le insistían: "hiedes a los frijoles que te hartas". "No sos más que un salvaje, un bárbaro, un aborigen", le recordaban. Hasta un muchacho que era hijo de una prostituta, que llegó a ser dueña de su propio burdel, lo molestaba. El muchacho, rubio por ser el hijo bastardo de uno de los clientes criollos de su madre, ocultaba su verdadera procedencia, queriéndose hacer pasar por un noble venido a menos, un europeo desterrado y quizás por eso lo insultaba con esmero, proyectando en Viernes lo que él sentía sobre sí mismo. Algunos ni siquiera lo tocaban por temor a ensuciarse, a contaminarse, por temor a contraer su supuesto mal olor.

Viernes aguantaba todas aquellas bromas, como las llamaban sus compañeros para despojarlas de su verdadero carácter de insulto, de ultraje verbal. Sabía el sacrificio que significaba para sus padres enviarlo a ese establecimiento, que creían la mejor opción. Por aparte, sabía que su estirpe formaba parte de los custodios del imperio que fue usurpado por las familias de las que procedían sus compañeros. Para él, los usurpadores eran quienes lo acusaban de serlo. Por eso, apretaba los dientes y reprimía el deseo de golpear a todo ese grupo de clasemedieros que lo despreciaban para evitar que los demás se dieran cuenta que ellos también eran un poco, o bastante aborígenes. Además no pasaban de insultarlo. Si algún día se atrevían a tocarlo, a Viernes le bastaba contárselo a Balam o a los que fueron sus compañeros de escuela y ahora eran pandilleros. Los muchachos del barrio, "sus guerreros", lo protegerían; hasta los había visto asaltar, en la calle, en los buses, a alumnos de su mismo colegio. Después de haberlos visto pasearse en el colegio con arrogancia y desdén, contrastaba la actitud que asumían cuando alguien se portaba con la agresividad con que ellos trataban a sus subalternos, pues se ponían pálidos, temblaban y algunos hasta se defecaban del miedo ante la primitiva rabia de los desprovistos.

Sus compañeros en el colegio, a pesar de todo lo que hablaban, eran niños acomodados que siempre cargaban ropa limpia y llegaban bañados. Si Viernes a veces no lo hacía, era porque no había agua en el barrio, no porque no quisiera hacerlo. Aunque le daba frío salir desnudo en la madrugada al patio de tierra de la casa para echarse el agua de la pila con una palangana de plástico, enjabonarse y luego desaguarse, siempre lo hacía al nada más despertarse, de una manera automática. A veces, lo arrebataba la nostalgia de sus baños en los ríos de la selva, cuando no usaba jabón para quitarse el humo que se prendía a su piel al andar en la ciudad. Con frecuencia le molestaba interrumpir sus estudios para acarrear agua en cubetas desde el chorro público hasta los toneles del patio de su casa. Sus compañeros no sabían lo que significaba tener que trabajar, de cualquier cosa, fajarse, mancharse las manos, sudar, andar de puerta en puerta ofreciendo escobas, cepillos, fruta, artículos de primera necesidad, para ganarse la vida. A lo mejor, nunca padecieron hambre o ni sabían lo que es sentirse despreciado. Mandaban, con desfachatez, sin respeto, como los hijos de los capataces y los dueños que eran. Eran despiadados con los subalternos. Pero con los que ejercían poder se comportaban sumisos. Nunca se enfrentaban ni mucho menos insultaban a los maestros, como sucedió en la escuela. Al contrario, los alumnos obedecían por temor a recibir algún castigo brutal, a ser expulsados por la más mínima travesura o perturbación del orden que cometieran. Pero los profesores a veces se extralimitaban, pues les daba por insultar a los alumnos cuando no cumplían su voluntad a pie juntillas.

Aunque la mayoría de docentes provenía de la clase media y sus condiciones de vida eran inferiores o similares a las de sus alumnos, el colegio se gobernaba con una disciplina férrea basada en la doctrina católica y las prácticas militares. A quien cruzara la línea, se le imponían castigos ejemplares: arrodillarse en maicillo o en piedrín, hacer sentadillas o despechadas hasta desfallecer, abofetearlos, golpearlos con varas o cinchos, suspenderlos o expulsarlos. Por ello, el ambiente del aula por lo general era tenso, sin nunca alcanzar el punto de quiebre.

Durante la secundaria Viernes aprendió a ir a misa, a escuchar los sermones en los que los sacerdotes les decían cómo debían vivir y a confesarse. Por lo general, le parecía a Viernes que los curas predicaban sin convertirse, vivían una intensa experiencia esquizofrénica pues en la mayoría de las cuestiones lo que decían era opuesto a lo que hacían. Sus prédicas eran una especie de confesión pública de sus tormentos interiores, que intentaban proyectar en los demás. Viernes sentía una gran compasión por aquellas almas atormentadas por sus propias oscuras culpas, atenazadas por los más abominables remordimientos. Muchos de los sermones elaboraban una falsa dicotomía entre la religión católica y las prácticas religiosas de los aborígenes, que trataban como superstición y adoración a dioses esculpidos en piedra o madera. Sin embargo, el templo mismo estaba adornado por representaciones, en dichos materiales, de los apóstoles a quienes rendían culto y brindaban ofrendas de todo tipo: florales, frutales, monetarias. Hasta sacaban a las imágenes de madera a recorrer las calles, durante las celebraciones religiosas, entregándose a la minuciosa elaboración de alfombras de aserrín, adornos para el anda y los santos. Acusaban a los aborígenes por sus prácticas antropófagas, para luego comulgar del cuerpo y la sangre del Salvador. Señalaban a los aborígenes de librar cruentas y sangrientas guerras con el propósito de contar con sacrificios para los dioses y luego justificaban las cruzadas, las cruentas guerras europeas y las guerras de conquista como algo inevitable para expandir la obra y la gloria del Señor. A Viernes le dio mucha risa un chiste que le contaron por aquella época: "cuando los europeos llegaron al Nuevo Mundo, los religiosos tenían las Biblias y los aborígenes tenían las tierras. Entonces, les dijeron: cierren los ojos, vamos a rezar. Cuando los abrieron, los aborígenes tenían las Biblias y los europeos tenían la tierra". También aquel que señalaba a los europeos en América como "los descendientes de los barcos"... Sin embargo, al margen de todo aquel debate estéril, a Viernes le gustaba entrar al templo, sumergirse en su silencio, en la penumbra del recinto iluminado por veladoras y, discreta, la luz del día que se filtraba por las ventanas entintadas. Permanecía en quietud, en silencio, aislado del resto del mundo durante horas.

Durante esos años, lo único memorable para Viernes fue el nacimiento de sus hermanos Enrique y Daniel, el último que nació del cuerpo de Ixquic, porque después del parto la operaron en el hospital para que no tuviera más niños. Su madre estuvo en riesgo de morir y los doctores tomaron esa decisión irreversible por ella, sin preguntarle ni consultarle nada. Además de esto, no hubo un hecho determinante en su estadía en el colegio; no participó ni fue parte de los únicos escándalos que se suscitaron: el tráfico en pequeña escala de pornografía y luego de droga, o el del muchacho que escaló la cruz de la iglesia para suicidarse y se arrepintió.

A pesar de la excelencia académica que demostró durante los años que cursó, Viernes nunca se sintió cómodo en medio de aquel grupo de compañeros similares a él, que lo discriminaban quizás por eso. Esa incomodidad lo empujó aún más a compenetrarse al estudio de las causas que llevaron al colapso al imperio de los suyos: la improbable explicación de las razones que impidieron a las distintas etnias aborígenes del hemisferio alcanzar un acuerdo común en contra de las salvajes huestes de invasores europeos, la manera cómo operó el poder central hasta el punto que fue imposible la reversión del paulatino incremento en el empleo de la fuerza para imponer las normas y recolectar impuestos en las regiones periféricas del imperio, la debilidad tecnológica y la improvisación táctica con que se desplegó la guerra de resistencia en contra de un enemigo astuto y demás. Éstos eran algunos de los asuntos complejos que reclamaban su esmerada atención.

Viernes se aisló en los libros de una forma cada vez más decidida y radical. Se fue acostumbrando a una profunda soledad interna, dolorosa, que consideraba inevitable. También a vivir en secreto, a dejar en silencio lo que pensaba, lo que se imaginaba, las reflexiones que elaboraba sobre el significado de lo que vivía, los recuerdos de su infancia en la selva. Empezó a llevar una especie de doble vida: la que todos veían y una oculta, que no compartía con nadie, porque no tenía con quién compartir todas sus inquietudes, meditaciones, pensamientos o porque con quien podría compartir dichas cuestiones; su padre por ejemplo, carecía del tiempo para hacerlo. Consideraba que eran asuntos que nadie comprendería. Su otro yo, la muchedumbre que lo poblaba, las voces que llegaban hasta él a través de la densa bruma del tiempo. (Persona etimológicamente significa máscara). Se habituó a múltiples desdoblamientos silenciosos. Al cerrar los ojos, extendía las alas y levantaba el vuelo; estiraba las pezuñas y se lanzaba al trote o cubierto de escamas, nadaba hacia las profundidades. También, él mismo: sentado a la orilla de un río profundo y caudaloso, trotaba tras una danta en la selva, durmiendo a la intemperie. Vistiendo el amplio camisón de manta que han usado de generación en generación. Lejos de la ciudad. Solo. Estudiaba los cuerpos celestiales. Escribía en las piedras las hazañas de los suyos. Cada vez, con mayor intensidad, encontraba un refugio de las abominables vicisitudes de la adolescencia en la lectura. Prefería las crónicas históricas, los libros científicos y los ensayos sobre aborígenes de otras partes del mundo.

A veces, ya ni siquiera ponía atención en el colegio. Mientras el profesor daba la clase o dictaba, Viernes leía, imperturbable, náufrago en su propia isla. Aunque algunos maestros lo regañaron y castigaron por hacerlo, la mayoría estimuló ese hábito pues se dieron cuenta que el muchacho más que desperdiciar su tiempo, lo estaba aprovechando, al menos mejor que el resto de sus compañeros. Hasta de ejemplo lo ponían, porque siempre estaba callado y quieto, cuestión que fastidiaba a Viernes.

Como se trataba de un establecimiento para hombres, Viernes se graduó de bachiller sin haber tenido una novia formal, pues se le dificultaba conocer chicas. De haber gozado de la presencia femenina en las aulas, sin duda hubiese entablado una relación con alguna muchacha que viera a diario, de reojo, con frecuencia, hasta que la costumbre venciera las barreras. Sólo compartió inquietudes y caricias con Susy, una de las tantas aborígenes que fuera compañera en la primaria. Luego de tres o cuatro años de no verla, la encontró, a media tarde, por casualidad, en el autobús mientras regresaba del colegio. Recién cumplía los quince y se veía estupenda; se pintaba los labios regordetes para resaltar su forma sensual y su vestimenta ceñida evidenciaba lo pronunciado y suculento de sus curvas. A pesar de que siempre fue coqueta, cuando desarrolló lo era aún más. Viernes la ayudó con las bolsas del mercado que ella cargaba. Se sentaron juntos y platicaron durante el trayecto. Si bien iba un poco más lejos de donde Viernes acostumbraba bajarse, Susy le pidió que la acompañara y él gustoso lo hizo.

Llegaron a una casa amplia, ubicada en las inmediaciones del mercado, a la par de una venta de ceviches y una tienda. Adentro, parecía un restaurante desierto o dormido, con varias mesas y sillas desocupadas; además, una sala amplia y cómoda. Viernes la siguió al segundo nivel, en donde tenía su cuarto, para dejarle las bolsas con víveres. Al entrar, Susy encendió el televisor por acto reflejo y le ofreció una soda. Se pusieron a charlar y hacer como si estuviesen atentos a los videos musicales que pasaban por la TV sentados en la cama: se veían a los ojos, se sonreían y luego tornaban la cabeza hacia la pantalla, pero seguían atentos a los movimientos del otro. Mientras pasaban anuncios o videos que no les llamaban tanto la atención, Viernes le contó un poco de su vida en el colegio a Susy que dejó los estudios. Con el paso lento y vertiginoso de los minutos, se acercaron sin reparar mucho en ello. Sus cuerpos estaban demasiado próximos como para que no sucediera algo.

De forma espontánea, Viernes le besó el hombro y le acarició la espalda con una torpeza más bien tierna; Susy le devolvió las caricias con expertaje, le bajó el pantalón lo suficiente para que quedara al descubierto su virilidad. Apenas comenzó a besarle el pene, Viernes alcanzó el primer orgasmo de su vida que no fuera causado por su propia mano. Aunque se trató de una reacción infortunada e incontrolable, la edad y el entusiasmo no le impidieron reanudar las caricias y que el encuentro no se quedara en ese acto un tanto vergonzoso. Con mayor voluntad que habilidad, desnudó, o más bien, ayudó a que Susy se quitara la ropa, quien en vez de lamentarse de la eyaculación precoz le pareció algo tierno, un hecho que confirmó sus sospechas: su amigo no se había compenetrado en el estudio y práctica del erotismo y sus derivaciones, lo único fundamental de la vida humana. Así que lo trató con mayor delicadeza, lo acostó en la cama, se posó sobre él y lo puso a que le besara las tetas y le lamiera los pezones. Mientras Viernes se entregaba a esa tarea, Susy se fue sentando sobre su erección recuperada, para cabalgarlo, aunque corcoveara, hasta dejarlo domado y manso. Luego de un encuentro que le pareció el más intenso sueño que jamás tuvo dormido o despierto, Viernes abandonó la habitación de Susy, apresurado al atardecer, pues tenía que volver a casa antes que sus padres. A pesar de las prisas, Susy le imploró que regresara al día siguiente, al nada más salir del colegio.

Susy, en muchos sentidos, fue la mejor maestra que jamás tuvo Viernes: le dejó explorar, le permitió que le diera rienda suelta a su curiosidad y también le enseñó detalles, caricias, movimientos que ella consideraba indispensables. Nunca le permitió quedarse después del atardecer, momento en que la casa cobraba vida: las otras muchachas salían de sus habitaciones, se encendía la música del salón del primer nivel y el ambiente se llenaba de la extraña expectativa que se manifiesta cuando se espera la recurrencia de un evento que a pesar de ser parte de la rutina es también un ritual anhelado.

Aunque casi todas las veces que se encontraron él quiso demorarse, ella siempre lo obligaba a retirarse puntual, puesto que, enfática, le decía que no quería que la regañaran. Viernes le daba la razón y se marchaba angustiado, nostálgico y a la vez con ansias de volver a su regazo. Pasaba las horas sin ella atrapado en un estado similar a la ensoñación, ausente de sí mismo, su cuerpo asistía a clases pero su mente y sus deseos divagaban por otro rumbo. Por primera vez en su vida tuvo problemas para concentrarse en el estudio y cumplir con sus responsabilidades en casa. Incluso su dieta varió: pasaba días sin comer, sin hambre, pero luego devoraba todo lo que encontrara a su paso. Por momentos se ponía triste para luego estar alegre, eufórico inclusive y después sentirse melancólico, depresivo, angustiado. De pronto quería abandonar lo que estuviera haciendo, dejarlo todo en ese preciso instante, para buscarla; cuestión que sucedía a cualquier hora: temprano por la mañana durante las clases, por las noches en casa, en el insomnio de la madrugada. Recreaba cada una de sus miradas, de los recovecos de su cuerpo, de los gestos al hacer el amor, el tono de su voz, la forma de sus labios, la delicada textura de su piel. Viernes batallaba consigo mismo por detener el impulso que lo abrumaba contra su alto sentido de responsabilidad, hasta que se sosegaba y aplazaba la urgencia de estar con ella en tanto llegara la hora convenida.

Se vieron de manera disimulada e intensa durante casi dos meses hasta que Susy le contó una indiscreción inevitable: que le ofrecieron la oportunidad de mudarse a otro sitio similar pero ubicado en una zona exclusiva, en donde estaría mejor, que allí él no podría visitarla a diario sino que sólo de vez en cuando. Viernes, con el corazón roto pues hasta entonces comprendió la situación de Susy, optó por cortar por lo sano. Luego, aunque intentó hacerlo, jamás se animó a cruzar palabras o enlazar brazos con ninguna de las jóvenes del barrio que lo miraban con ternura, con aprecio, pero también con distancia. Era demasiado tímido, hasta daba pena hablarle.

Al único a quien indagaba, a quien cuestionaba y con quien conversaba abiertamente era con su padre, cuando aquél llegaba temprano del trabajo o los domingos por la tarde cuando no salía a beber con sus allegados. Su padre siempre le decía lo mismo, que ellos tenían que enfrentar el legado de lo que significó la caída del imperio aborigen y la expansión europea por el mundo. El mecanismo de poder que padecieron los aborígenes luego de su derrota, estableció una rígida estructura piramidal, de base ancha y cúspide extremadamente reducida y cerrada. Ese orden, impuesto para el beneficio foráneo y no para fomentar el desarrollo de los aborígenes, forjó una sociedad violentamente dividida en castas. Aunque el sistema económico impuesto por los foráneos durante la colonia, de alguna manera lo hizo. La independencia no significó su libertad. Si bien la etapa republicana no estableció la segregación como política explícita, las divisiones sociales surgidas por la procedencia étnica trazaron fronteras entre sus pobladores. No se trataba de demarcaciones invisibles, intangibles, sino que evidentes barreras epidérmicas. El color de piel y los rasgos fisonómicos marcaban el destino de cada cual, la altura máxima a la cual aspirar en la empinada pirámide social.

Para Viernes padre la situación de desventaja y discriminación se revertiría en el momento en que un buen número de aborígenes alcanzaran una sólida posición económica, por medio de actividades agrícolas, comerciales, industriales o incluso financieras. Actividades académicas o tecnológicas, también. De hecho cualquier actividad que generara los ingresos suficientes como para amasar fortuna, pero no por el sólo hecho de amasarla, sino que para hacerla fluir hacia un propósito predeterminado: el resurgimiento del imperio aborigen, la recuperación de la grandeza ancestral, el restablecimiento del gobierno de la sabiduría milenaria. Si un buen número de aborígenes, actuando de manera conjunta o aislada, ascendían la estrecha y resguardada pirámide económica, y se hacían de dinero y de recursos abundantes, se convertían en dueños de fincas exportadoras, de grandes centros de producción, de bancos, de universidades, de medios de comunicación, se resolvería de fondo y para siempre la cuestión aborigen. Sólo si poseían superioridad monetaria los dejarían de ver de una manera despectiva, ya sea por discriminación directa, privándolos de oportunidades, o indirecta, como la caridad y la asistencia social.

Pero precisamente para evitarlo, se diseñó el sistema económico de la región, ese complejo laberinto de privilegios y trampas, para impedir que subieran quienes tuvieran más capacidad e ingenio, más voluntad y decisión, más hambre y ganas de salir adelante. Las oportunidades sólo las tenían los miembros de las familias que impusieron las reglas y mantienen el control y, por supuesto, para aquellos a quienes aceptan, fuereños por lo general. Para los aborígenes, librarse de la sujeción económica es lo fundamental; todo lo demás, los compensadores sociales, las reivindicaciones culturalistas, el renacimiento de la religiosidad ancestral, vendrá por añadidura. Que nadie venga a tratar de engañarte sobre la existencia de una ruta alterna. Quien te diga lo contrario, sólo quiere distraerte del único objetivo estratégico por el cual arriesgarlo todo. Fajarse trabajando para ascender, a cualquier costo, hacia lo alto de la pirámide. Imponerse, si es necesario. Abrirse paso a la fuerza, derramar sangre, si no queda otra opción. Al llegar, quienes logren hacerlo, deberán consumar el sacrificio, extraer el corazón palpitante del enemigo y entregarlo como ofrenda. El dinero es poder. El dinero se consigue por medio de la fuerza, del ingenio, del conocimiento. El poder es dinero. El dinero es poder, les decía Viernes padre a Viernes, a Balam, a Ixchel, incluso a Atanasio, quienes lo escuchaban extrañados, sin comprender a cabalidad las implicaciones de su consejo.

Viernes padre siempre les decía lo mismo, que tenían que enfrentar el legado de lo que significó la tormenta europea que azotó al imperio aborigen, los miles de muertos a causa de las epidemias, de los malos tratos por los trabajos forzados en las minas y en las fincas. Ellos, como la nueva generación de aborígenes debían comprender y "asumir la lucha permanente por no dejarse vencer", por más diezmados y aislados que pudieran estar.

Después de todo lo que les ocurrió a lo largo de la historia, los aborígenes son como un puñado de náufragos en una isla, en una isla situada en la ruta de los huracanes.

IV
La caída de Pacal

Dijo que en el fondo se sentía orgulloso de haber sido capaz de llevar hasta sus últimas consecuencias las ilusiones más secretas de la juventud.

Ricardo Piglia

Cuando entró a la universidad estatal, Viernes aún era un joven ingenuo que desdeñaba el dinero y privilegiaba el conocimiento. Anhelaba, con decisión y esmero, satisfacer una inquietud intelectual. Ésa era la única ruta, su propósito exclusivo. Fue entonces que lo conocí: detenido en la cima de las gradas, en el tercer nivel de la Escuela de Historia, buscando con interés y entusiasmo el aula en donde se llevaría a cabo la conferencia inaugural del ciclo lectivo. Llegó con un suéter simple que alguna vez fue negro pero que de tanto lavarlo era azul, con el cabello húmedo, recién bañado y la mirada limpia. Aún no lo contaminaba el mundo. Permanecía libre de la ponzoña del fracaso o la desesperanza. Creía que, esforzándose, alcanzaría la posición que alguna vez ocuparon los de su estirpe. Leía lo que nadie, pero era ingenuo también como pocos. Todavía era puro y creía: ese era su principal problema, pero lo ignoraba.

El debate sobre la cuestión aborigen avanzó poco durante la docena de años que Viernes tardó en llegar a la universidad estatal, desde su arribo de la selva. Desde entonces surgieron pocas variaciones al viejo debate. Por ejemplo, Carlos, un ambicioso estudiante de sociología, consideraba que la principal contradicción del sistema de dominación no era de clases sino que étnica: del colonizador europeo y sus descendientes, en contra del aborigen. Ubicaba, de tal forma, la dinámica histórica de la región en una perpetua situación de colonización europea y resistencia aborigen. Carlos colocaba al aborigen como "el verdadero condenado de la tierra", a lo Franz Fanon. "Es en lo aborigen, el horizonte donde la lucha de clases se manifiesta; el colonizador carece de identidad y raigambre, es tan sólo un ser ficticio", alegaba con frecuencia.

Asimismo, Oswaldo, un estudiante de filosofía pero con inclinación hacia la escritura, postulaba que la ideología de la asimilación del aborigen, del mestizaje, neutralizó las auténticas potencialidades del mismo, reduciéndolo a "una pieza arqueológica inofensiva", pues se le considera una representación del pasado, sin percibir su reclamo histórico actual. Señalaba que "ninguno de los proyectos de integración había representado una verdadera alternativa de expresión auténtica de la cultura y las formas propias de vida del mundo aborigen". El filósofo argumentaba que el discurso sobre el aborigen en ningún momento tomaba en cuenta lo que el propio aborigen tenía que decir acerca de sí mismo y de su posible incorporación a un proceso social en el cual no participaba sino como "espectador".

Pero lo claro, hasta ese momento al menos, es que ningún aborigen hasta entonces había articulado lo que debía ser, ni en ámbito político ni académico, la respuesta, salida o solución a la cuestión aborigen, desde los aborígenes mismos. Aún no acumulaban el suficiente capital económico para luego garantizar la circulación indispensable del capital intelectual que poseían, como una herencia enterrada ante los ojos de los occidentales.

Pasaron años antes de que cayeran las máscaras que recubrían la pulsión de poder de los que pretendían "hablar por los aborígenes", asumiendo un papel de mediadores de los deseos de los aborígenes, entre éstos y el mundo occidental, cometiendo esa suplantación, falsificando su voz. Aquellos que hablaban por los aborígenes, sin serlo ellos mismos, no dejaban que los aborígenes "hablaran con su propia voz". Los intelectuales de élite que investigaban poblaciones subalternas formaban parte, voluntaria o involuntariamente, de una compleja estrategia de desplazamiento y suplantación de los líderes campesinos, aborígenes, comunitarios, quienes implícitamente se volvían innecesarios para conocer el pensamiento, las necesidades y las aspiraciones de dichos grupos. Comenzaba el debate sobre la legitimidad epistemológica del investigador foráneo, la antropología de la invasión, la subordinación del informante nativo, el intelectual orgánico de las poblaciones subalternas, lo cual reafirmaba la amenaza que sentían los criollos ante las posturas irrefutables de conocimiento de los aborígenes sobre sí mismos. Quién mejor que ellos para interpretarse, en particular cuando demostraban que muchas de las elucubraciones sobre ellos, hechas por los historiadores y antropólogos criollos que los antecedieron, no eran más que "ridículas y falsas presuposiciones", conclusiones erróneas basadas en absurdas proyecciones.

Además por esos años, la universidad estatal había quedado devastada. Recién concluía la etapa más cruenta de la guerra interna y muchos de los docentes habían muerto, se exiliaron o se censuraron a sí mismos con tal de sobrevivir. En especial, los catedráticos de la Escuela de Historia, con fama de marxistas. Evitaban cualquier cosa comprometedora. Simplemente daban su clase de la manera más aséptica y técnica posible. Jamás opinaban y menos sobre la injusta situación social de los aborígenes, la discriminación de etnia y clase, la inmensa pobreza de las mayorías. Por eso, los docentes se dedicaban a estudios descriptivos, nada de interpretación (y menos arriesgada), de fenómenos marginales. Se sumieron en una fascinación por el "folklore", para evitar llamarle "arte popular" y dejaron de analizarlo como expresión artística en el contexto de la lucha de clases, en donde, hasta el momento debido a lo excluyente del modelo nacional, lo único que recibía el apelativo de arte eran los caprichos insustanciales de los criollos, así fuera un muchacho que pintaba como excusa para estar en contacto con los cuerpos desnudos de los hombres a quienes amaba en secreto o de arrogantes pianistas que mantenían una actitud inconmovible mientras miles morían de hambre o en la guerra. Celso, que emergió como el académico más hábil durante aquella etapa de silencio generalizado, se especializó en las viejas consejas de fantasmas y aparecidos, acaso como una estrategia de negación efectiva para no enfrentar las historias verdaderas de los miles de asesinados, masacrados y desaparecidos que se suscitaban a diario. Carlos, quien se consagró al alcoholismo, se dedicó al estudio de la danza folklórica y las máscaras. Leonardo se enfocó en las recetas de las comidas tradicionales, en particular aquellas elaboradas según el calendario religioso: fiambres, tamales, buñuelos y demás. Roberto, como era cachureco, se concentró en las más detalladas explicaciones de la Semana Santa y las expresiones artísticas que motivaba: desde la paciente elaboración de alfombras de aserrín, pasando por las andas, hasta las complejas marchas fúnebres compuestas por músicos religiosos prácticamente desconocidos. Alguno intentó estudios de la cultura urbana. Otro acerca de la música barroca compuesta durante el período colonial. Nadie hablaba de los aborígenes y las posibles soluciones a su grave problemática de pobreza y discriminación.

Durante el primer semestre, a pesar de que tres de los cinco catedráticos que impartían cursos ese semestre lo hacían borrachos (cuando se presentaban), a pesar de que ninguno de los docentes llegó nunca a tiempo y jamás dieron una clase completa, a pesar de que era obvio que calificaban los trabajos de una forma antojadiza (cuando se tomaban la molestia), Viernes cumplió con todas las tareas que le asignaron en clase, que no le demandaban mucho, pero que lo distraían de las lecturas que escogían con su padre, su ocupación más seria. Además, Viernes supervisaba que Balam e Ixchel se encargaran del resto de sus hermanitos para ayudar a su madre, que no se daba abasto. Balam cuidaba al inquieto de Atanasio, rebelde y contestón; Pedro era más dócil. Ixchel cuidaba a Mayarí, a Enrique y al pequeño Daniel.

Aunque las clases estaban descuidadas, con grafiti en las paredes ("victoria o muerte", "todos a apoyar la lucha popular", "para un buen rato yama a Marilu"), los pupitres rotos y la pizarra un tanto carcomida por la polilla, aun así estaba en mejores condiciones que las de su escuela primaria. Comparado con las clases aglomeradas de primaria y secundaria, ahora eran tan sólo una veintena de alumnos, que a pesar de ser inquietos, eran la calma misma al contrastar su conducta con quienes fueron hasta entonces sus compañeros.

La mayoría de sus compañeros eran hijos de otros profesionistas, funcionarios estatales o propietarios de negocios; si eran del interior, lo más probable es que fueran de la clase alta de sus poblados; si eran capitalinos, lo más factible es que fueran de la clase media o la clase alta descendente, la que alguna vez tuvo el dinero y ahora sólo prestigio. Volvía a tener compañeras, como en primaria, lo cual era alegre. Aunque no se dedicaban de lleno a la investigación, casi todos eran estudiosos, incluso se vestían de una forma bastante parecida, usando varios lapiceros en la bolsa de la camisa. Sin embargo, resaltaba un grupito de adolescentes que no sabían qué hacer con su juventud, que no supieron qué carrera universitaria escoger y fueron a parar ahí con más desorientación que tino. Dependiendo del día y la materia, eran un poco más, un poco menos de diez y desde el primer día se reconocieron entre sí. Eran bulliciosos y parranderos. Con frecuencia, faltaban o llegaban con olor a licor o a hierba. Aunque, por lo general, sus intervenciones no eran de provecho, de vez en cuando rompían con la monótona rutina de clase, de la infatigable conversación del profesor consigo mismo.

Al cabo del primer semestre, los catedráticos admiraban la entrega incondicional de Viernes al estudio, a pesar de que no la estimulaban. Los docentes no querían ser opacados por la devoción académica y el genio intelectual de ese alumno extraño que, en una universidad estatal en la que nadie cumplía con su trabajo, llegaba puntual y se quedaba tarde, que entregaba sus tareas el día indicado y el día del examen había estudiado exhaustivamente. No sólo leía de los textos que los profesores establecían como fundamentales para las clases introductorias, los cuales eran el material indispensable y básico, sino que se extendía con habilidad hacia los libros específicos y artículos recientes sobre la temática y la literatura secundaria o de apoyo. Ignoraban que Viernes se esforzaba tanto porque consideraba su obligación moral ser ejemplo para sus hermanos, quienes lo veían con respeto pero, en última instancia, lo ignoraban. El resto de alumnos que lo trataban como alguien completamente ajeno a ellos, alguien tan apartado como un náufrago en una isla desierta, dejaron de sorprenderse cuando prestaban los libros de la biblioteca de la Escuela de Historia y encontraban el nombre de su silencioso compañero en la tarjeta de registro ubicada en la cubierta de dichos libros.

Por ese entonces pensaba lo que le escuchó a uno de sus profesores, quien consideraba que si la fábula histórica fuera diferente, "Hernán Cortés pudo ser el precursor de Ernesto Che Guevara y su exitosa campaña militar pudo tomarse como el evento preconfigurador de las revoluciones sociales europeas subsiguientes, puesto que fueron huestes empobrecidas y furibundas quienes derrumbaron los imperios establecidos. Sin embargo, el resultado no fue ese. Cortés no funciona como un icono guevarista, de circulación callejera y veneración popular. Su ruta simbólica tampoco fue la de Kurtz, el personaje que, en la novela *Heart of Darkeness* de Joseph Conrad, gobierna el mundo primitivo tras cortar todo vínculo con Occidente. De hecho, Cortés habita el imaginario colectivo como un personaje que da tristeza. Luego de derrotar con audacia y coraje uno de los imperios más poderosos del mundo, no estableció el suyo propio. Si se considera que uno de los mitos sobre el descubrimiento lo toma como una figura semejante a Quetzalcoált, entonces habría que suponer que es uno de los tantos dioses en la historia de las religiones humanas sacrificado por los hombres. Incluso el reino que conquista Cortés no lleva su nombre sino que se le llamó Nueva España para significar el triunfo del viejo orden que se extiende repetido hacia territorios hasta entonces desconocidos". Desde Cortés sucedía algo análogo con la vasta mayoría de las personas que pueblan Latinoamérica: trabajan arduamente para alcanzar algo que siempre se les escurre entre los dedos, algo que siempre estuvo más allá de su alcance, sin importar el esfuerzo por conseguirlo, lo mucho que anhelaron tenerlo.

A Viernes le molestaba todo ese culto al Che Guevara, a ese último representante de una pequeña burguesía decadente con sus sueños de nobleza, en su lucha por establecer un reino milenarista, con la isla de Cuba funcionando como una suerte de Camelot trasnochado, con Fidel interpretando el papel del Rey Arturo y Guevara el de Lancelot en una adaptación épica que resultaba más cercana a la comedia de errores o al teatro del absurdo. En esta visión sublimada y deformada de la pulsión que motivaba las insurgencias, las clases populares latinoamericanas tampoco se cuestionaban más allá del superficial arrebato de rebeldía que representaba ese "guerrillero criollo", ese aristócrata enmascarado tras la conducción de élite incuestionable que imponía el marxismo y sus aberrantes políticas étnicas, que reproducían los mismos mecanismos que pretendían combatir: asimilación acelerada, tutelaje permanente y dominación. En términos de cultura de masas, a Viernes le molestaba que se sublimaran las luchas de Cortés en vez de las de Cuauhtémoc o la de Guevara en vez de la de Tupac Amarú, que para él significaba mucho más. Quería enfrentar y debatir con su profesor sobre esta pulsión de poder oculta tras el rostro mesiánico del Che, pero no pudo hacerlo.

Algo ocurrió que alteró el rumbo general de los acontecimientos. Mientras Viernes cursaba el tercer semestre de Arqueología, una noche como tantas y como ninguna, al regresar a casa encontró una noticia nefasta. Cuando abrió la puerta de la choza y vio a su madre, supo que su vida nunca sería la misma. Ella no tuvo que decirle nada, él lo advirtió en silencio. Su padre había muerto y más nada. Mientras se encaminaban a la morgue se enteró de los detalles: cayó del sexto piso del edificio en el que trabajaba. Estaba viejo y cansado, sus reflejos no eran lo que alguna vez fueron.

Viernes pensó en el relieve encontrado en el sarcófago del Templo de las Inscripciones de Palenque, en el cual ha sido plasmada la caída de Pacal hacia el inframundo, detenido en el tiempo con su collar de jade al aire en las fauces mismas del monstruo de las tinieblas; en segundo plano, una ceiba, el árbol sagrado que comunica el cielo, la tierra y el infierno, y el pájaro Vucub Caquix. Era su recreación poética, imaginativa del último vuelo de su padre, viendo hacia los cielos mientras descendía hacia las profundidades de la tierra, como un sol en el ocaso. Los hechos fueron un poco más crudos: la caída estrepitosa, desafortunada. Al cabo de la hora, llegaron los bomberos y el juez de paz al sitio de la construcción. Los bomberos le tomaron fotos al cuerpo desquebrajado del maestro de obra de un edificio en construcción. Esa imagen aparecería al día siguiente en la página de sucesos del diario sensacionalista, el de mayor difusión del país pues es el único medio para que los pobres aparezcan en el periódico, involucrados en hechos de sangre, crímenes o accidentes. Luego de las fotografías, los bomberos hicieron algunas preguntas a los compañeros de trabajo, subieron el cuerpo a la palangana del pick-up que hacía de ambulancia y, sin cubrirlo siquiera con un plástico, se lo llevaron directo a la morgue.

Ixquic recibió la noticia en la calle, frente a la mesa sobre la cual despliega bocadillos preparados con sus manos y desvelos: tamales de maíz, plátanos rellenos de frijoles, tortillas tostadas cubiertas de salsa o guacamole, frescos de súchiles y tamarindo, jugos de naranja. Todavía secándose las manos en el delantal, el pecho de la aborigen se sacudió. Su espalda, que se venía doblando por el peso del mundo, se encorvó aún más. Sus manos cubrieron su rostro, queriendo detener las lágrimas y contener el dolor que la inundaba. Sus piernas cedieron y cayó sobre la caja de aguas que le servía de sentadero. Por fin, se le escapó un solo grito agudo, hondo y desconsolado, antes de entregarse a un llanto silencioso, reprimido, con el rostro soterrado entre el raído suéter negro que siempre viste. Su marido había muerto, el hombre con quien pasaba más penas que alegrías, con quien juntaba el dinero para el gasto, el padre de sus hijos, a quien a pesar de todo quería y a veces tal vez amaba. Ixquic abandonó la venta, que coloca en una esquina de La Cuchilla, y se fue corriendo hacia la morgue. Ahí se encontró con Balam e Ixchel, quienes recibieron la noticia de un vendedor de una funeraria, desconcertados, sumidos en un dolor que más bien parecía rabia. Atanasio, Pedro y Mayarí no se habían enterado, sus hermanos mayores los enviaron a la escuela sin decirles nada; Enrique y el pequeño Daniel se quedaron a cargo de la vecina. En la antesala de la morgue, mientras esperaban que les entregaran el cadáver de su papá, Viernes, Balam e Ixchel, se abstuvieron de abrazar a su madre, pero se pararon cerca de ella, sin verla a los ojos, y durante unos minutos estuvieron así, parados casi frente a frente, sin hablar.

Al día siguiente, madres e hijos en camino hacia la escuela, jornaleros, señoras de regreso de ir a traer el pan, parejas de adolescentes tomados de la mano, pregoneros, prostitutas, taxistas, albañiles, voceadores, buscaoficios, pepenadores y limosneros aprovechaban el velorio de Viernes padre, celebrado en su choza de habitación, para intercambiar saludos, chistes y las noticias más frescas del barrio. Viernes padre andaba por los cuarenta años, aunque tal vez un poco más, un poco menos. Tenía ocho hijos, al menos reconocidos; cuatro deudas y varios préstamos; el cuerpo desecho por los años y una tos terca que llegaba por las noches. Frente al ataúd, Vienes lloró desconsolado. Su padre no respiraba más, eso era todo.

Durante tres días, con sus noches, Viernes no ocultó su lado melancólico y se emborrachó con los muchachos del barrio, sus guerreros. Había quedado huérfano, muchos de ellos lo entendían a cabalidad y le permitieron beber con ellos, aunque fuera un privilegio reservado a quienes eran de la pandilla. Los muchachos sentían simpatía por el estudioso del barrio. Viernes sufría la muerte de su padre y el fallecimiento simultáneo de una parte de sí mismo: ahora tendría que dedicarse a trabajar, como cualquiera, por lo que tal vez abandonaría sus estudios.

Esa misma noche, en medio de la desesperación y del dolor, Ixquic tomó una decisión difícil, con base en lo platicado con sus conocidas del barrio. Le pagaría a Balam el viaje hacia los Estados Unidos, para que trabajara y se forjara una mejor oportunidad que la que le ofrecía el barrio. Balam había cumplido 16 y era el mejor dotado de la familia para lograr esa aventura en los bordes del peligro. Con Viernes, ni pensarlo: era demasiado frágil y además un excelente estudiante. Su padre trazó un plan para él. "No hay que desviarlo. Al contrario, que siga su camino. Que estudie. Para eso estamos los demás, para apoyarlo".

Ixquic consideraba que era el momento de hacer algo con Balam, que dejó los estudios por inquieto y a quien no le gustaba trabajar de mesero en restaurantes lujosos, como ayudante de albañil, como ayudante de piloto de bus. Balam quería un mejor destino, buena ropa, tener dinero en abundancia, hacerla en grande. "El dinero es poder. El dinero se consigue por medio de la fuerza, del ingenio, del conocimiento. El poder es dinero". Hasta soñaba con ser futbolista profesional, integrante de algún equipo europeo.

Ixquic se quedó temblando al enviar a su segundo hijo como una suerte de esclavo voluntario, en el moderno trasiego de mano de obra al más bajo costo desde las regiones periféricas hacia los países desarrollados; pero incluso esa arriesgada opción representaba más esperanza de la que le depararía su destino en su país de origen. Apenas si abrazó a Balam la noche en que el coyote, ese hombre menudo que se precia de conocer el camino hasta el Norte, llegó al barrio para llevárselo de mojado. En el adolescente iban, más que sus esperanzas, la fatiga de una madre desesperada: Balam era muy inquieto, impulsivo, ambicioso y, después de la muerte de su padre, no había quién lo llamara al orden. Si bien Balam lo respetaba, Viernes no tenía la autoridad para decirle qué hacer. Balam buscaba con frecuencia el consejo de Viernes, pero existía un abismo entre pedirle consejo y obedecerlo. Desde que dejó el instituto, Balam hacía lo que se le viniera en gana. Andaba por la calle viendo con quién medir su fuerza, buscando pleitos o chicas. Aparte de fajador, se hizo fama de galán del barrio, de conquistador empedernido. Aunque cada vez le hacía menos caso, al menos Balam agachaba la cabeza cuando Viernes padre le pegaba de vez en cuando. "Mi viejo es mi viejo", decía, "y, aunque me pegue, tengo que hacerle huevos". Aún así, a veces no regresaba a dormir y nadie sabía en dónde andaba ni en qué andaba. El miedo de sus padres era que resultara muerto en un enfrentamiento con otras pandillas, lo cual sería aceptable considerando que es una versión contemporánea de la guerra florida, o por intento de robo, lo cual hubiera sido una vergüenza completa para Viernes padre. Pero también temían que su hijo, su pequeño, anduviera drogándose o traficando droga. Esperaban que estuviera en algo normal para los muchachos de su edad, bebiendo y acostándose con mujeres o en esas fiestas en donde se platica y baila toda la noche.

No fue fácil para Ixquic tomar la decisión de que Balam se marchara. La vida sería más fácil sin Balam: de Viernes no se preocupaba porque seguiría estudiando; con Ixchel tenía dudas porque apenas si acababa la escuela primaria y comenzaba su adolescencia; Atanasio era muy travieso y desobediente, pero todavía era un niño, y pues Pedro, Mayarí, Enrique y el pequeño Daniel daban las tareas normales. A Ixquic no le gustaban las juntas de Balam, los amigos que lo empujaban a cosas de las que ella no quería saber, pero que sospechaba. Si se la pasaban todo el día sentados en la entrada del barrio, escuchando música a todo volumen, cuando no andaban quién sabía dónde, todos metidos en un auto destartalado.

Ixquic ni siquiera se imaginaba los horrores a los que enviaba a Balam, pero luego de conocer en carne propia las penurias de la capital, suponía que cualquier destino sería mejor al que pudiera tener en esta región, con su hambre, miseria y vandalismo. Como le sucedió a una de las vecinas, la seño Cristina, que lava ropa ajena, Ixquic esperaba recibir, en cuestión de meses, un sobre con dólares, alguna fotografía y unas cuantas palabras de aliento de parte del hijo con el que ya no pudo lidiar, con quien alcanzó el límite en su papel de madre. Ixquic, en un intento de negar el dolor y sublimar la culpa, se ilusionaba pensando que Balam regresaría un día a bordo de un auto nuevo, repleto de aparatos eléctricos y regalos para sus hermanos, como regresó hace unos meses el hijo de don Andrés, el dueño de la tienda ubicada en la entrada del barranco, luego de trabajar unos años en Los Angeles.

Esa noche, en el seno de la pequeña choza que alguna vez construyó el finado Viernes padre, Balam se despidió de sus pequeños hermanos y hermanas sin derramar una lágrima, imaginándose lo contenta que se pondría su madre cuando recibiera el televisor que le mandara tan pronto como pueda, lo mucho que ayudará el dinero que envíe para que sus hermanos sigan estudiando y se les pueda vestir y calzar apropiadamente. A quien más extrañará es a su hermanita Ixchel, quien era para él una especie de ángel de la guarda; siempre le preparaba su comida, con quien hacía sus tareas o con quien se quedaba dormido mientras miraban la TV. Viernes, a pesar de ser un buen ejemplo intelectual, no podía encargarse de ellos, en términos materiales. Balam no sentía ningún rencor ni resentimiento en contra de su hermano mayor por eso: su papel era otro. En los tiempos antiguos, pensaba Balam, Viernes hubiera sido escriba o sacerdote, hubiera gobernado a la familia o la ciudad en tiempos de paz; mientras tanto, él como guerrero, hubiera gobernado en tiempo de guerra. "Después de todo, siempre he sido un guerrero", pensaba Balam para su consuelo. Se formó a golpes, abriéndose camino en la vida a puros cuentazos; era hábil para manejar su cuerpo, diestro y veloz con el cuchillo. En la escuela nunca fue muy aplicado, pero iba todos los días para juntarse con sus amigos. Empezaron molestando en el aula, desafiando a la maestra, rehusándose a entrar a clases después de los recreos, saltándose la barda. Luego, ya ni siquiera se molestaron en entrar, sino se entregaron a vagar por las calles, merodear por los prostíbulos cercanos, vitrinear por los comercios del centro. Por aburrimiento, codicia o lo que fuera, con ellos aprendió el coraje necesario para asaltar una tienda con una pistola de juguete, el desprendimiento que se requiere para matar a sangre fría con un cuchillo carnicero, el honor con que se defiende el territorio al precio que sea. Sin embargo, Balam temblaba esta vez. Se largaba solo, sin sus hermanos ni su pequeña pandilla, hacia una tierra lejana y extraña en donde nadie lo esperaba. Pero también le importaba poco. Aquí ya nadie esperaba nada de él. "Que venga lo que venga", pensaba mientras se subió a la palangana del pick-up, en donde hay otros jóvenes como él, empezando la ruta de los ilegales hacia los Estados Unidos. Ahora le tocaba a Viernes velar por Ixchel, quien se encargaría de

Pedro, Mayarí, Enrique y el pequeño Daniel. Atanasio no dejaba que lo cuidaran, pues creía que ya estaba lo suficientemente grande para cuidarse solo.

A la semana del entierro, al día siguiente de que Balam se marchara, Viernes llegó a la universidad para reanudar las clases y ponerse al día. Pero cuando entraba al edificio de la Escuela de Historia se topó con un grupo de sus compañeros que optaban por una expedición alcohólica hacia los antros aledaños. Sabiendo lo que acababa de suceder, invitaron a Viernes, le insistieron y aceptó. Era el grupo de estudiantes que consideraba desubicados pero que ellos mismos se tomaban por bohemios, estudiantes con inclinación festiva y un tanto melancólica que vestían camisetas flojas, pantalones desteñidos y calzaban caites o zapatos tenis. Fueron a un local cercano, en donde servían pizza y cerveza y había música en vivo: un conjunto dipsómano y desafinado, que con un ritmo pegajoso tocaban todas las canciones de moda.

Viernes pasó la velada conversando con Sebastián, un muchacho cuyos abuelos huyeron de Alemania a mediados del siglo, quien le contó sobre sus inclinaciones literarias, e Isabel, una chica rubia, ojos claros y marcada ascendencia europea, cuyos padres eran profesionistas luego de haber sido hippies. Sebastián, el principal organizador de las actividades extra-curriculares de la Escuela de Historia, quien llevaba varios años sin aprobar el sexto semestre, le habló sobre la pureza del arte, que debía ser una actividad tautológica, tendente a la más alta belleza, la ruta de acceso hacia lo trascendente, sobre la necesidad de asumir una postura comprometida con el sufrimiento humano. Si bien a Viernes le pareció curioso que un miembro de una de las familias acomodadas del país le hablara sobre eso, no quiso contradecirlo.

A Viernes le hubiera gustado comentarle lo que pensaba con frecuencia. Para Viernes, cada clase, cada etnia, configuraba su propia estética, su propia noción de lo que constituye el arte y la historia, esos extensos sistemas de representaciones, de prácticas y anhelos expresados por un miembro de la comunidad a la que pertenece por nacimiento, formación o adscripción. El artista, el historiador, el cientista social, no eran individuos aislados que servían de vehículo para una alucinación excéntrica, sino que articulaban lo aprendido durante el curso de sus vidas en comunidad. A Viernes no le extrañaba que un criollo hablara sobre la pureza estética cuando exigían esos mismos términos cuando se referían a la pureza de sangre, molestándoles todo lo híbrido, mezclado, carente de elegancia, limpieza, pulimento, esplendor. Pero no había que olvidar que el castellano era una imposición bárbara para millones cuyo idioma materno era otro, ni mejor ni peor sino distinto, que esos millones usaban el castellano como segundo idioma mejor de lo que cualquier castellano empleaba un idioma aborigen. Sin embargo, cualquier desviación del empleo del castellano peninsular era considerada "oscura", "impureza", "localismo", "barbarismo". El idioma y las consideraciones estéticas derivadas de su uso, eran un flagrante ejercicio del poder, en donde aún imperaban criterios coloniales. De ahí que según los mismos criollos, todos los escritores de valía no sólo eran blancuzcos y europeizantes sino que además ostentaban apellidos de abolengo: Miguel Ángel Asturias, Luis Cardoza y Aragón, Enrique Gómez Carrillo, José Milla y Vidaurre o Augusto Monterroso. Incluso los de más reciente aparecimiento como Rodrigo Rey Rosa, quien veía lo aborigen con extrañeza, como algo lejano y exótico, o Dante Liano, quien codificaba su propio condición de hijo de casa en Europa en su última novela, o Francisco Pérez de Antón, quien se dedicaba a recrear, con añoranza, el anacrónico orden colonial.

Mientras escuchaba aquel largo y tedioso soliloquio, Viernes se hundió en su propia soledad. A pesar de que mantuvo los ojos abiertos, se imaginaba en otra parte, volando sobre la selva, sentado a la orilla de un río caudaloso, acostado sobre la cima del Gran Jaguar. Tenía tantas cosas que decirle a Sebastián, pero se contuvo. Simplemente se limitó a escuchar el largo monólogo que enunciaba Sebastián, acaso para impresionar a Isabel.

Isabel era una muchacha inteligente y un tanto cínica. Esa noche vestía un huipil que, como escribió Marco Augusto Quiroa, era una prenda indígena que usan las criollas para parecer gringas. Isabel estudió en uno de los mejores colegios católicos de la ciudad, pero la expulsaron durante el penúltimo año por fumar hierba en un aula vacía; la expulsaron para "evitar el mal ejemplo". Isabel casi no habló y cuando lo hizo fue para apoyar alguno de las apasionadas argumentaciones de Sebastián. Avanzada la noche, alguien propuso continuar la juerga en la casa de uno de los estudiantes, cerca de la universidad. Aunque la mayoría aceptó, Sebastián declinó pues dijo que lo esperaban su esposa e hija. Isabel se quedó charlando en el estacionamiento con otros estudiantes y cuando se dio cuenta que Viernes era el único del grupo que no tenía auto, se ofreció a darle un aventón. Viernes apenas podía mantenerse de pie.

Mientras Isabel lo ayudaba a caminar hacia el vehículo, Viernes dejó de apoyarse en ella y la abrazó. En un parpadeo, se besaron con intensidad y desfachatez. Isabel manejó hacia su propia casa; por la borrachera, a Viernes el trayecto le pareció un viaje intergaláctico. Cuando entraron a la amplia residencia, ubicada en un barrio que fue de abolengo, Isabel condujo a Viernes directo a su habitación, se desnudaron y se aparearon con intensidad y urgencia. Al amanecer, fumaron hierba y siguieron ejerciendo su sexualidad, hasta que por la tarde Isabel le pidió que se marchara para darle tiempo a ordenar la casa antes de que llegara su novio; le rogó un último favor: "no le vayas a decir nada a nadie". Confundido, Viernes vagó sin rumbo por aquellas calles desconocidas hasta entrada la noche, sintiéndose como un marinero que luego de naufragar es arrojado por la tempestad a una isla desierta.

Al día siguiente, con el cansancio y la goma moral de la velada anterior, Viernes se puso a buscar empleo, como oficinista en dos empresas, profesor de ciencias sociales en un colegio pequeño y de vendedor de puerta en puerta, sin resultados. Por la tarde, sintiéndose inútil y rechazado, se dirigió hacia a la universidad. Cuando entraba al edificio de la Escuela de Historia se topó con los compañeros que afinaban detalles para la aventura nocturna. Esta vez no tuvieron que invitarlo. Aunque su primer impulso fue subirse al auto de Isabel, ella iba con su novio; un muchacho rubio y escuálido, de mirada ingenua y acento francés. Viernes se unió a Sebastián, dos muchachas, supuestas estudiantes de leyes, y un hombre pestilente que decía ser pintor.

Se dirigieron a una casa deshabitada en las cercanías, en donde había unas colchonetas sucias en los cuartos y un par de sofás lo cual era suficiente para el reducido grupo de estudiantes que llegó a la improvisada fiesta. Hubo música, alcohol y hierba en abundancia. Mientras algunas parejas bailaban en la penumbra, Sebastián le habló de la necesidad de reinterpretar la historia del país, para modificar la perspectiva que se tenía sobre la misma, desplazando el protagonismo de los hombres criollos notables hacia el pueblo anónimo, algo que no se había hecho, que faltaba, que las circunstancias históricas exigían. Lo normal hasta el momento era que quienes gozan de los medios de producción en el país también lo hicieran de los medios de reproducción de bienes simbólicos, pues de esta manera conservan, amplían y consolidan el monopolio sobre las formas de expresión que los validan, reconfortan y legitiman mientras niegan, reprimen y suprimen aquellas que los cuestionan, retan o superan.

A Viernes, el argumento sobre el replanteamiento completo en el enfoque de la historia nacional para que la visión de la élite reflejara el sentir popular, le pareció no sólo simple sino una labor ya hecha en otros lados, pero otorgaba que era algo aún por emprender en el país. Para distraer el dolor que le produjo ver que Isabel y su novio se metían a una de las habitaciones disponibles para esos fines, Viernes le dio por donde hablar a Sebastián acerca del enfoque que le darían a lo que se denominaba "independencia" en la historia oficial. Sebastián discurrió sobre el asunto por casi una hora, al cabo de lo cual, coincidentemente, Isabel y su novio salieron acalorados y sosegados de la habitación, tan sólo para darle paso a otra de las parejas que aguardaba darle uso a cualquiera de las habitaciones.

Viernes pensó que se marchaban, pero Isabel regresó luego de unos minutos, se sirvió un trago doble de tequila y cuando iba a sentarse, Sebastián le pidió que bailaran. Viernes se sirvió un trago de ron mientras Sebastián e Isabel bailaban y se besaban en la penumbra. No se terminaba el trago, cuando los vio entrar a una de las habitaciones desocupadas. Solitario y de pie cerca de la caja de cartón sobre la que puso el licor y los vasos, Viernes bebió ron, tequila y vodka alterna y sucesivamente.

Al cabo de una media hora, Isabel salió de la habitación un poco sudorosa y agitada. Le dijo a Viernes que se marchaba, por si se le ofrecía un aventón. Viernes, un poco confundido y pesaroso, aceptó. Lo que ocurrió después fue parecido a la noche anterior: se dirigieron a la casa de Isabel, entraron subrepticiamente a su habitación y se dedicaron al ejercicio de sus facultades sexuales. Una serie similar de eventos, con variaciones, se repitió durante casi tres meses. La mayoría de noches, Viernes entraba a clases y se reunían discretamente después; otras, por más que Viernes intentara localizarla, Isabel se desaparecía; las menos, se iban directo, sin trámite alguno, a aparearse. Pasar con Isabel algunas noches y luego salir oculto de su casa por la mañana para buscar trabajo se volvió parte de la extraña rutina de Viernes.

Aunque le gustaba aquella muchacha rubia y descuidada, su relación estaba plagada de complicaciones, contaminada de demandas, prohibiciones y requisitos. Por ejemplo, ella se colocaba siempre en la posición dominante; sólo en contadas ocasiones permitió que él tomara la iniciativa o que cambiara a su antojo de pose. Nunca le permitió algunas cosas que le permitía Susy, como hablar durante el acto, hacerlo sin preservativo, eyacular dentro o disfrutar del sexo oral. Coger con ella era como sacar una tarea, cumpliendo los pasos de un manual de operaciones. Una cosa era clara: Isabel lo buscaba para que él se dedicara a satisfacerla, a servir sus imperiosas necesidades sexuales, en secreto.

Así fue hasta que Viernes encontró empleo. Se trataba de una organización benéfica internacional que estaba buscando personal para un proyecto educativo específico, focalizado y remedial, que supiera comunicarse con los aborígenes y no tuviera problemas para viajar constantemente hacia el interior del país. Desde que Viernes entró a aquellas lujosas oficinas, supo que tendría una oportunidad. Las paredes estaban llenas de fotografías de mujeres aborígenes sonriendo y las paredes desprovistas de fotografías, tenían cuadros con motivos aborígenes: paisajes, ancianas tejiendo, ancianos caminando por alguna vereda o cargando leña. También tenían piezas o telas aborígenes colgadas en las paredes, como otros exponen el cuero de un animal cazado. La secretaria que abrió la puerta vestía un traje aborigen, también el hombre que hacía la limpieza, la señora que servía el café, las demás secretarias, los pilotos, el contador, la auditora y varios de los oficiales de campo de otros proyectos. Todos los directores de los distintos proyectos de los que se encargaba la entidad eran europeos: escandinavos, noruegos, suizos o germanos. Como sucedía en los tiempos coloniales, todos los foráneos tenían un staff de aborígenes y la más alta tecnología a su servicio.

Margaret, directora del proyecto, Lars, representante residente y Franklin, quien desde una oficina en Bruselas coordinaba los esfuerzos de la entidad en América, fueron quienes sometieron a Viernes a una entrevista con visos de inquisición sobre los dogmas de la modernidad asistencialista. Los tres eran blancos, altos, rubios, de ojos azules a más no poder. Hablaban un español extravagante de pronunciación confusa y de una articulación desenfadada y se referían a la región como si fuese su propiedad personal. En silencio, escrutaron la hoja de vida que Viernes les presentara. Luego, lo interrogaron extensamente acerca de su formación académica, su procedencia aborigen, detalles de su vida incluyendo sus preferencias y expectativas personales. Viernes se presentó lo mejor que pudo y, al parecer, les cayó bien.

Los directivos le presentaron el proyecto en general, una intensa campaña de educación para la población aborigen, de preferencia mujeres, para coadyuvar en su esfuerzo de establecer condiciones de equidad que propiciaran un desarrollo integral para la región. Le hablaron de los esfuerzos generales de la entidad en términos de: la salvaguarda efectiva de los derechos humanos de las poblaciones aborígenes en el mundo; la transición a la democracia que debían emprender los países con legados autoritarios; el combate frontal y multidimensional en contra de la corrupción de los recursos públicos para potenciar la efectividad del Estado; la elaboración de políticas públicas sobre salud reproductiva que se concentren en espaciar los embarazos, disminuir los embarazos no deseados y prevenir el sida; la implantación de la multiculturalidad en los lugares en donde las poblaciones aborígenes aún se vieran afectadas por prácticas de racismo y la formulación de un modelo de desarrollo económico alterno al impulsado por la globalización neoliberal.

Durante casi tres horas le hablaron acerca del alto sentido de compromiso y responsabilidad que sentían con las poblaciones marginadas, víctimas involuntarias de las desavenencias de la historia. Luego de sus confusas pero delirantes exposiciones, los directivos le ofrecieron a Viernes contratarlo, pagándole el salario mínimo, para un programa de alfabetización para aborígenes que desarrollaban en un área remota, en la cual trabajaría durante tres semanas continuas, para luego una de descanso.

Viernes salió de ahí confuso y adolorido, pero no sabía exactamente por qué. Aceptó el trabajo y todos estuvieron contentos, menos él. Quería algo distinto. Pero no le quedaba más que aceptar la única mísera oportunidad que se le presentaba, aunque eso significara abandonar los estudios.

V
Tzolkin

*For a critic must attempt to fully realize,
and take responsibility for, the unspoken
unrepresented pasts that haunt the histo-
rical present.*

Homi Bhabha

El calendario aborigen vinculaba el ciclo de vida
de los individuos con los actos rituales que susten-
taban la sociedad, sincronizando la vida social con
la marcha del tiempo cósmico. El registro aborigen
consistía en la conjugación de tres diferentes cuentas del tiempo que transcurrían de manera simultá-
nea: la cuenta de los días, *tzolkin*, que combina
trece glifos con veinte signos en 260 días; la cuenta
solar, *haab*, que combina 18 glifos con veinte signos de 360 días, a los cuales se les añade cinco
días que se consideran enmascarados, días de guardar; y el *katun*, o cuenta larga.

La cuenta de los días era empleada para las
ceremonias religiosas, pronosticar las lluvias, la ca-
cería y el destino de las personas. Estaba dividida
en trece meses de veinte días, cada uno de los
cuales llevaba el nombre de uno de los dioses del
inframundo: búho, secuestrador de la noche; mariposa, la transformación mediante el vuelo; el cone-

jo, el murciélago, el venado y demás. Los dioses, registrados en las ruedas del calendario, se mueven en una inexorable procesión circular, atrapados en una suerte de carrusel sagrado que preserva la idea de que la vida humana está inmersa en un ritmo superior, en un orden cíclico de eventos cósmicos que la trasciendem. Cada persona tiene un nahual, un espíritu protector, determinado por la coincidencia de divinidades que se encuentren en la marca de las dos ruedas que gobiernan el paso del tiempo. El nahual lo guarda mientras recorre la ruta trazada en la cuenta de los días, que transcurre, sin embargo, en un aterrador silencio cósmico. Porque aún cuando era posible interpretar los signos de los días y de los números, resultaba imposible predecir cuál sería el destino final de cada quien. Dicen los antiguos que la imagen de cada quien sólo se revela al transitar por el *tzolkin*.

Por ello, Ixquic no reñía a su hija Ixchel cuando llegaba más tarde de lo acostumbrado, con las mejillas sonrosadas y la ropa un tanto desajustada. Cuando Viernes padre aún estaba vivo, Ixchel regresaba a casa antes de que anocheciera, ahora le daba por entrar al filo de las diez. La relación entre Ixquic y su hija nunca fue sencilla; menos desde que Balam se marchara. Desde pequeña, la muchachita se encargó de sus hermanos y del cuidado de la casa, se le exigió bastante y fue responsable. A pesar de su corta edad, Ixchel era bastante madura, tenía un carácter firme, pero aún era aniñada y tierna. La niña, en pleno proceso de desarrollo, se estaba poniendo espigada y sus rasgos habían adquirido una sensualidad natural y hermosa. Le crecieron senos turgentes y voluptuosos. Además, se volvió muy coqueta, le gustaba pasar horas frente al espejo: entregada al minucioso examen de sus facciones, de la manera en que el cabello caía sobre sus hombros, la forma de sus labios, las curvaturas y superficies de su cuerpo desnudo; o bien, maquillándose, haciéndose distintos peinados y adornándose con toda clase de joyas de plástico, como si no olvidara que si sus ancestros aún gobernaran, ella hubiera sido una princesa. Hasta calzaba zapatos de tacón alto de vez en cuando.

Ixquic le hubiera querido celebrar a Ixchel su cumpleaños número trece. Aunque se portaba mal, se merecía una fiesta antes de que terminara embarazada o unida con alguno de los muchachos del barrio, como le sucedió a Ixquic cuando la dieron en matrimonio siendo aún casi una niña. De estar vivo Viernes padre, le hubieran hecho una cena de tamal y grabadora sonando a todo volumen en los vericuetos del barrio.

Cuando la muerte de Viernes padre y la partida de Balam eran aún hechos recientes, Ixquic escuchaba a Ixchel sollozar de noche, entresueños. Esos dos eventos fueron traumáticos para la niña, pues su padre y su hermano la consentían sin reservas, la mimaban sin tregua, le cumplían casi todos sus caprichos. Ixchel creció demandando afecto, buscando siempre ser el centro de atención, la persona en quien recaían todas las miradas. Amaba ser amada, querida, buscada, envidiada incluso, no le importaba, pero que se dieran cuenta que estaba ahí, que se percataran de lo hermosa y simpática que era. Ahora, la adolescente en ciernes, lloraba por las noches, abandonada por quienes fueron los hombres de su vida. Al fin, se dormía abrazando la almohada, los pequeños muñecos de peluche que le regalaban.

Observar las dolencias de su hija mayor le generaba angustia y dolor a Ixquic, imposibilitada de cambiar las cosas. La madre añoraba tener un poco más de dinero para costearle una mejor educación a Ixchel, sacarla del instituto y meterla a un colegio como se merecía o para darle algunos de sus gustos de vez en cuando. Comprarle vestidos, zapatos, pulseras. Llevarla a pasear al zoológico, a los parques, a los centros comerciales. Dejarla ir a las fiestas con sus pequeños pretendientes, al cine con sus amigas, a comer a algún restaurante con sus compañeros. Si después de todo su hija aún era una niña; además, era normal que fuera coqueta y buscara ser deseada por los muchachos, que quisiera tener novio, que deseara salir a platicar con sus amigas. Todo tan limitado por la pobreza.

Con el paso de los meses, la jovencita dejó de llorar dormida y hasta se le veía contenta. En secreto, luego de sentir las caricias de sus pretendientes mientras viajaban en bus o se besaban en las sombras de la noche, comenzó a masturbarse. Además, celebraba las pequeñas cosas que le regalaban sus compañeros del instituto, los muchachos del barrio, amigos: anillos, pulseras, aretes, ganchos para el pelo, vestidos llamativos, zapatos, un *walk-man* y música.

A pesar de los riesgos que se imaginó durante las pláticas con el coyote y sus compañeros de ruta, cruzar la primera frontera le resultó sumamente fácil a Balam. Durante el cruce, a media mañana, a bordo de una balsa, hasta iban riéndose, sin tratar de ocultarse o pasar desapercibidos. No había necesidad. Se trataba de un río nada más, sin guardias fronterizos, sin nadie que custodiara una división política de un territorio con la misma identidad cultural: entre Malacatán y Tapachula no había mayor diferencia y menos para Balam, que nunca había salido de la capital y las encontraba completamente iguales. En el otro lado, el coyote los guió hasta un terreno baldío, en donde los esperaban un par de tipos malencarados, recostados en un cabezal. El coyote les explicó que subirse al tren que atraviesa Chiapas era demasiado arriesgado; no por casualidad los lugareños le llamaran *la bestia* o *el tren de la muerte*. En el barrio La Bombilla, en Tapachula, los indocumentados se metieron en el fondo falso de un furgón, cargado con otros productos para disimular, y el camino se les hizo largo. Estaban prácticamente confinados en un lugar oscuro, estrecho y con muy poca ventilación. Eran quince hombres, algunos jóvenes, la mayoría adultos y un par de viejos. Les sucedieron días de hambre y desesperación en los que, en apariencia, avanzaban hacia Estados Unidos por la carretera. En la oscuridad del furgón, cada quien contó la historia de sus vidas, anécdotas chistosas y coloridas, confesiones tormentosas de cosas que padecieron o que efectuaron, los motivos que los impulsaron hacia Estados Unidos y las visiones de su nueva vida al llegar. Rieron, lloraron, callaron y, en el hacinamiento, se desesperaban.

México era un país grandísimo. Además, iban muy lento y estaban tan amontonados. El coyote les decía "hay demasiados federales", por lo que pasaban la mayor parte del tiempo estacionados, confinados a la estrechez del falso fondo del furgón. Durante dos días, no los dejaron salir ni para hacer sus necesidades. El espacio era tan estrecho que no podían ni moverse. Al mojar o defecar sus prendas, afectaban a quienes estuvieran próximos. La pestilencia a sudor y excremento se volvieron insoportables. Durante esa noche, les llegaron jirones de una conversación acalorada, el sonido de carcajadas y música norteña. Eso los desesperó y enfureció. Cuando estaban a punto de salir como fuera posible, a patadas o empujones, el trailer arrancó. Estaban de nuevo en ruta.

Al cabo de otras dos noches de tedio, hambre y pestilencia, la puerta del furgón se abrió frente al mar, en una playa desierta y sucia. Se les permitió bañarse, con todo y ropa para no perder tiempo. Un grupo de hombres armados con metralletas los hicieron subir a una precaria embarcación que timoneaba un viejo silencioso. El coyote se quedó en la playa, acompañado de los hombres armados, despidiéndoles con una sórdida sonrisa en los labios.

Pasaron una noche de sed e incertidumbre en el mar hasta que desembarcaron en una playa rocosa, en la penumbra del amanecer. Al dar los primeros pasos en la arena, Balam sentía que desfallecía a causa de la insolación, el hambre y la sed. "Estamos a medio día de caminata hacia la frontera", les ladró el viejo, antes de hacer una mueca con los labios indicando el rumbo. Los guió hacia un rancho abandonado, a unos cien metros de la playa. Adentro, les repartió una guarnición de pan enmohecido y una lata de coca-cola a cada quien. Agotados, pasaron el día resguardados del sol calcinante por esas láminas herrumbrosas. Al cabo de un par de horas, los despertó el ruido del motor de la lancha, que se alejaba. Al atardecer, marcharon por la tierra reseca, rumbo a la frontera con Estados Unidos. Ese cruce imaginario había invadido sus sueños durante las últimas semanas. La primera noche, alguien amaneció muerto, picado por un alacrán, una tarántula o una serpiente; durante la segunda, alguien se fugó del grupo. Al tercer día, cuatro quedaron tendidos en la arena, abandonándose a la muerte del desierto; abatidos por la insolación y el hambre, devorados por los buitres y los coyotes.

A pesar de todo, Balam seguía rumbo al Norte. Pasó la noche, en la ribera de un escuálido pero ancho río. Luego de unas horas más de caminata, detrás de un cerro, alcanzó un poblado de casas de adobe, tan lúgubres y tristes como el desierto mismo. Cínicos, se rieron cuando le dijeron que el río Bravo quedaba aún a dos días de marcha, cuando menos. Entonces, Balam se dio cuenta del engaño del coyote, de la estafa que cometieron en contra de su madre y aunque enfureció, no tenía fuerzas para el enojo ni nadie con quien rematar. Por el momento, al menos. Los lugareños, por piedad, le ofrecieron comida y techo.

Atanasio, una pulga de 12 años, decidió llenar el lugar que dejó su hermano Balam en el grupo de muchachos del barrio, que se habían convertido en una pequeña y violenta pandilla. Inclusive se pusieron nombre (para diferenciarse de los de la Mara Five, que viven y dominan un territorio cercano), hicieron varias pintas para señalizar sus alcances geográficos, establecieron un código de chiflidos y saludos y un protocolo de iniciación, porque no cualquiera andaba con ellos.

A los *Warriors*, como se llamaron, no les importaba el linaje para asignar el puesto; en su incipiente y primitiva organización, las herencias no contaban. Si Atanasio quería ocupar el lugar que dejó Balam, tenía que probar que era digno de quienes controlaban el barrio. De una manera instintiva, el niño optó por abrazar la identidad negativa con que lo observan por las calles. Porque era moreno, porque su atuendo percudido reflejaba con exactitud la magnitud de su pobreza, porque tenía un rostro en donde se conjugaba la valentía y el resentimiento, al verlo la gente lo juzgaba como un delincuente en ciernes y exteriorizaban sus prejuicios por medio de gestos elocuentes, actos que herían la sensibilidad del entonces inocente Atanasio. Lo marcaron negativamente desde un inicio: por el desprecio con que lo veían, por la desconfianza que les generaba el simple hecho de ver un muchacho pobre y aborigen, caminar por las calles con su ropa percudida y su cabello descuidado. Al verlo aproximándoseles las señoras cambiaban su bolso de lado, los señores se ponían en guardia, los muchachos se asustaban. Cuando atravesaba las calles, las personas hasta subían los vidrios de sus autos para ponerse a salvo del posible robo de sus anteojos, de su auto que, según temían, estaba a punto de suceder.

Por demás, Atanasio repudiaba el destino al que se sometió su padre, trabajando como un simple albañil, aguantando los malos tratos de los capataces, construyendo las casas lujosas y los edificios de quienes mandaban, cuando su padre fue un hombre brillante que no merecía el desprecio habitual con el que lo trataban los criollos, ladinos y mestizos por el simple hecho de ser aborigen. Nadie lo valoró con justicia y Atanasio supo escuchar en la voz de su padre la herida que dejaba el padecer un menosprecio permanente. Viernes padre fue un hombre cuya vida debió ser diferente, pensaba su hijo. Atanasio nunca tuvo el nivel de reflexión de su hermano Viernes, pero sabía estas cosas, las intuía, formaban parte intrínseca de su experiencia vital. Atanasio no quería terminar pegando botones en una maquila como varios de sus vecinos del barrio o sirviendo mesas en un restaurante o manejando un taxi. Atanasio buscaba hacerse respetar por la sociedad que despreciaba a los pobres, a los aborígenes, a los de su condición.

Bajo la mirada expectante de los muchachos, Atanasio, que ni siquiera desarrollaba, entró solo a una ferretería ubicada en las afueras del mercado y, a punta de pistola, se llevó lo que había en la caja. Saqueó un bus, de esos que van hacia el norte de la ciudad. Asaltó peatones en el centro. En la parada de un semáforo, arrebató anteojos a automovilistas desprevenidos. En una esquina, vendió droga a unos estudiantes de un colegio bien. En una trifulca, con un hierro oxidado, mató a dos de una pandilla rival.

Atanasio, quien entonces comenzó a hacerse llamar *Little kanibal*, por las cosas que le escuchó a su padre y sus hermanos, se volvió digno de temor entre los *Warriors*; era aún más fiero de lo que alguna vez fue Balam. En comparación con su hermano Atanasio, Balam nunca fue más que un muchacho simpático, popular, un poco enojado. Pero la violencia de Atanasio no era una manifestación irracional de ira, ni una fuerza incontrolable, sino que operaba como una precisa válvula de escape, una aterradora maquinaria de discriminación negativa. Atanasio no atacaba a comerciantes ni a peatones aborígenes. Muy rara vez atacaba mestizos, a veces atacaba ladinos, pero la mayoría de veces escogía, valga la redundancia, a los blancos como blanco: su objetivo eran los criollos y entre éstos, los que se comportaban de una manera racista, discriminadora, soberbia. Con los suyos, los aborígenes, los pobres, era solidario y consecuente. "Para los nuestros todo, para los kaxlanes nada". Atanasio comenzó a imponerse como el prototipo del hommie, del mero bato del barrio, bien a tono con el resentimiento popular y el coraje de los humillados, haciendo eco al discurso que escuchaba de su padre y a su hermano mayor. Con parte del dinero que expoliaba, mandó a colocar tuberías para el agua potable y drenajes, a pavimentar las gradas y senderos del barrio y pagó los arreglos de la cancha deportiva del barrio.

Con frecuencia, Atanasio le decía a los suyos que, para los aborígenes, librarse de la sujeción económica era "la neta". "Que nadie te diga que existe una ruta alterna, pues sólo querrá distraerte. Hay que fajarse, imponerse, derramar sangre. Consumar el sacrificio, extraer el corazón palpitante del enemigo y entregarlo como ofrenda. El dinero es poder, por eso es que todos lo buscan y si pueden lo arrebatan. Hay mil formas para hacerlo, pero la básica es ganarlo con la fuerza. Siempre el fuerte le quita a quien se deje. Los débiles lo son mientras se mantienen dispersos y mansos".

Atanasio era decidido, aventado y fajador. Les otorgaba a sus acciones un sentido de reivindicación de la cultura aborigen. "Que sufran los *kaxlanes* y los criollos la misma violencia que le han infringido a los aborígenes". Les pedía a los dioses que le concedieran larga vida, para llegar tan lejos como le fuera posible. Comenzó a pensarse como el último de una estirpe de guerreros dedicados a continuar la guerra contra el invasor, contra los extranjeros y sus descendientes. Se hizo tatuar un jaguar en la parte superior de la espalda. Como escalaba posiciones dentro de la pandilla, los jefes, que eran tres batos con los que creció su *broder* Balam, Archibis, Marvin y Tuercas, le permitieron conservar una parte de las ganancias. Atanasio le daba dinero a su madre, para ayudarla con el gasto y se encargaba de cuidar las calles cercanas a La Cuchilla, en donde ella tenía su puesto, para que no le fuera a pasar nada a su viejita ni menos a sus hermanos, más *hommies* que los *hommies*, sus puros *broders*.

Al cumplir los quince, Ixchel se fugó de su casa. Sin más, de forma tajante, irreversible. Lo hizo por rebeldía. No quería depender de los suyos ni deberle nada a nadie. Estaba cansada de sujetarse a las normas, de la triste vida que llevaba como madre obligada para sus hermanos. El año anterior estuvo a un paso de fugarse con un compañero del instituto con quien tuvo sus primeras relaciones sexuales. Lo amaba como boba, sin restricciones, pero cuando descubrió que el muchacho tenía otra novia, Ixchel lo abandonó, después de días de sufrimiento y depresión. Mientras se recuperaba de la herida emocional y adquiría toda la atención posible de sus compañeros del instituto, descubrió el poder que emanaba de su cuerpo deseado y apetecible. Sus compañeros estaban dispuestos a casi cualquier cosa con tal de que saliera con ellos. Le daban regalos, chocolates, osos de peluche, la llevaban al cine o a comer a los restaurantes de comida rápida, hasta enloquecían si se dejaba besar. La llegaban a traer en auto al instituto, le compraban ropa, música, la llevaban a donde quisiera, hasta conciertos de los músicos del momento y se obsesionaban si ella decidía, por antojo, necesidad o aburrimiento, que tuvieran relaciones: en el asiento trasero del auto, en las últimas butacas de los cines, en los moteles, en las recámaras solitarias de sus casas.

Los muchachos, incluso los más rebeldes, se comportaban dóciles, mansos y mensos con ella. Resultaban seres patéticos, tediosos, que le imploraban que los subyugara bajo su feroz apetito y destreza sexual. Querían coger, eran tan fáciles de predecir, y para lograrlo estaban dispuestos a lo que ella les pidiera. Lo único que le desagradaba a Ixchel de aquellas imploraciones y requerimientos era lo mal que ejercían su potestad sexual los jovencitos que la pretendían. Los pobres, no había remedio, eran malos, incluso pésimos, amantes. No lograban más que el placer momentáneo y angustioso del desahogo, sin comprender los múltiples niveles de gozo a su disposición y alcance. Más que coger, querían ser cogidos. Pasaban semanas rogándole que se acostaran y cuando por fin ella accedía, eyaculaban al nomás penetrarla como si acabar fuese un reflejo condicionado o, si tenían la habilidad para durar algunos minutos, tan sólo se enfocaban en su propia satisfacción y no la hacían gozar como a ella le hubiese gustado, por simple reciprocidad, compensación o cortesía. Eran absurdos. Casi todos querían recibir, pero no efectuar, sexo oral. Todos querían alcanzar el orgasmo, pero la mayoría era sumamente torpe para provocárselos a ella, para conocer y comprender la sutileza, la ternura, la delicadeza, la habilidad requeridas para proporcionárselos.

Ixchel tenía catorce años cuando decidió que no se quedaría pateando loncheras y jugando a las ligas menores por el resto de su vida, que ella no sería de las que salen embarazadas o terminan casándose con uno de sus tontos compañeros, ella aspiraba a mucho más. Lo primero para los aborígenes, decía Ixchel, era superarse económicamente. "Que nadie venga a decirte que existe un sendero luminoso, porque el único objetivo por el cual arriesgarlo todo es ascender hasta la cima de la pirámide. Al llegar, habrá que consumar el sacrificio, extraerle el corazón al enemigo y entregarlo como ofrenda. El dinero es poder. El dinero se consigue con astucia". Pensando en eso, fraguó el plan para fugarse de su casa e imponer su estilo de vida a quien tuviera el dinero y el corazón dispuesto al sacrificio.

Un día antes de cumplir quince años, Ixchel dejó de ir a dormir a la cama que compartía con Mayarí, su hermanita, en el cuarto que compartía con todos sus hermanos, en la choza del barrio. De estar Balam, nunca se hubiera fugado. Pero como no tenía en quien confiar, se calló la boca, no le dijo nada a nadie. Menos a Viernes que no entendería ni pizca sobre lo que a ella le gustaría hablarle, sobre su soledad, sobre la forma en que nadie la comprende, ni siquiera ella misma, sobre cómo no le importa ya cero de nada. Según Ixchel, Viernes estaba para que le hablaran de libros y teorías y no de cosas reales, prácticas.

Esa mañana salió hacia el instituto sólo que en su mochila no cargaba los cuadernos que llevaba meses sin abrir, sino que sus prendas favoritas y su *walk-man*. Andaba unas ganas incontenibles de acostarse con algún macho bien dotado, potente y diestro, o varios machos diestros, que le provocaran una marea continua de orgasmos, hasta dejarla exhausta, vencida por el placer. Una de sus amigas del instituto le contó acerca del negocio en donde trabajaba su madre, en el que les darían oportunidad a ellas. Aunque Ixchel sabía exactamente de qué se trataba tal empresa, hasta que llegó al lugar se comportó como si no lo supiera, haciéndose la distraída, la que no quiere la cosa. Cuando la madre de su amiga y el dueño del local, Mario, un tipo bastante feo pero viril, le dijeron de qué se trataba el asunto, Ixchel fingió una minúscula sorpresa, lo cual le benefició de una manera incalculable. De inmediato, la adoraron por ese gesto. Esa pretendida ingenuidad la hacía aún más encantadora, aumentaba su tremenda belleza. También tenía dotes de actriz. Cómo no adorarla.

Mario le advirtió, acicalándose los bigotes de galán de barrio, que tendría que hacerle la prueba para ver si calificaba para trabajar en su local. Mientras la encaminaba hacia una recámara contigua, se frotaba las manos con gozo anticipado. Al llegar, se despojó de la camisa de poliéster rojo y el pantalón de poliéster negro y se quedó tan sólo con un minúsculo calzoncillo atigrado y las gruesas cadenas de oro que, como serpientes entre la maleza, descansaban sobre el vello del pecho. En la tornamesa puso un disco con canciones movidas y le pidió que bailara para él, desnudándose lentamente. Ixchel sintió que le daban la oportunidad de su vida. Se movió con tal cadencia que hasta su amiga se excitó de verla. Cuando llegó el turno de la pieza lenta, Mario le indicó que para el fin de la canción debería quedar desnuda por completo. La joven quería hacerlo, pero el dueño del local no se lo permitió. Interrumpió la música, la tomó del brazo y la llevó hacia la cama. Con mayor prisa que delicadeza, como si cumpliera una lista de cotejo, le hizo las cuestiones rutinarias: el *fellatio*, la posición misionera, la candelita chorreada, el pingüino en bicicleta, armas al hombro y a gatas. Quería seguir con variantes más complicadas, pero simplemente no aguantó el placer y se vino. Luego de constatar que la joven estaba soñada, Mario, el dueño del local, le asignó una recámara y vestuario: algunas prendas de lycra y trajes de baño que hacían de uniforme. Además, le informó sobre sus obligaciones y derechos laborales: disponibilidad cuando fuera requerida, los lunes de descanso y el porcentaje que le quedarían por el ficheo y los servicios prestados a los clientes.

Mario le preguntó si preferiría emplear un alias durante su jornada de trabajo y ella respondió que no. "Ixchel me gusta", le dijo Mario: "Es exótico. De hecho, hasta parece un nombre falso". Ixchel le quiso responder su comentario, pero era evidente que el hombre era un ignorante. Su virtud no estaba en el pensar. Para qué molestarse. Comparado con sus compañeros de escuela, se la cogió bien y eso era suficiente para ella.

Al llegar la noche, Ixchel se maquilló, se colocó uno de los atuendos que le asignaron y salió temprano al salón rectangular, una cueva de espejos, que sería el lugar de su iniciación. No sólo estaba contenta, sino también excitada. Ixchel se sentó con sus demás compañeras, forzando una conversación plagada de envidias y maledicencias, mientras les llegaba el turno de danzar en el escenario, mientras los clientes las invitaban a un trago, a entablar el parloteo. De las frases acostumbradas desembocaba en la más primaria expresión gutural.

La pista de baile quedaba a media altura del salón. Al fondo, la barra, los sanitarios y una puerta hacia las recámaras. Los clientes, aún escasos a esa hora, se apoltronaban en unos sillones rosa; la mayoría eran comerciantes del mercado aledaño, el más grande del país. El escenario era una especie de semicírculo. Al estruendo de una pieza movida, *A quién le importa* de Alaska, salió una chica que hizo flexiones como en una clase de aeróbicos en un pasamanos como los que se usan en las piscinas. Mientras la muchacha bailaba, a medida en que entraba en calor, se despojaba de las escasas prendas que recubrían sus partes íntimas. En sintonía con el clímax de la canción se encaramó al columpio que pendía de un costado y, de cabeza, osciló con los pechos al aire a media pirueta. El comienzo de la clásica *Hotel California* la sorprendió recostada contra el famoso e inevitable tubo de bombero, recubierto por una capa de pintura dorada, que aprovechaba como sustento para contorsiones y como eje para girar. Con movimientos cadenciosos, se desplazaba entre el tubo y el pasamanos. Antes de retornar a los camerinos, dejó a los espectadores con una breve y fulgurante impresión de su pubis.

Mientras el *DJ* cambiaba de melodía, Ixchel se distrajo observando lo que sucedía en las pantallas de los dos televisores situados en los extremos del escenario, sintonizados a un pornocanal que era *hardcore* sin llegar a *gore*; es decir, se mantenía en los límites del buen gusto pornográfico. Tres tipos atléticos compartían a una rubia voluptuosa en el vestidor de un gimnasio. En eso, uno de los clientes abandonó la postura de espectador y las invitó a que se unieran con sus amigos. Les pagó una ronda de cervezas, mientras las muchachas, Ixchel, una rubia que se hacía llamar Nolashka y una morena delgada cuyo nombre de batalla era Tábata, acariciaban y conversaban con los ansiosos y un tanto aburridos muchachos. En el escenario, las chicas salían una a una para desnudarse al compás de la música, como si un reloj cucú marcara el tiempo a un ritmo erótico por medio de aquellas damas. Entre uno y otro trago, la conversación agonizaba. Los chicos sólo tenían para invitarlas a beber, pero más nada.

Ixchel sintió alivio cuando escuchó su nombre por los altavoces, llamándola a camerinos. Su turno de bailar había llegado y pensaba dejarlos boquiabiertos y excitados a más no poder. Encontrar su ritmo de trabajo fue fácil. Lo único que le costó aprender un poco, fue a cobrar por lo que antes hacía de gratis, por placer, entretenimiento, tedio o fastidio. Esa misma noche se convirtió en la estrella del lugar. Su truco fue sencillo: la mayoría de chicas bailan sin establecer contacto visual con el público, con movimientos robóticos y mecánicos, como si no les emocionara estar encima de un escenario exhibiendo su desnudez, deseadas por una horda de machos, ella misma fingiendo ser una hembra en celo necesitada de experimentar la caricia primal. Por esa actitud seductora se volvió de inmediato en una mujer codiciada, buscada, querida, por el sencillo hecho de que se daba a querer, necesitaba todo ese afecto, era el nitrógeno que la hacía bramar.

Al cabo del mes, le pidió al chofer del local que, en uno de esos autos al servicio de la clientela, la llevara a La Cuchilla. Se apareció repentinamente y sin explicaciones en el puesto de su madre para contarle que estaba bien y entregarle un buen fajo de billetes. Ixquic no le preguntó nada, se alegró de verla y se resignó a aceptar el dinero; se mostró agradecida y preocupada por la suerte de su hija, quien comenzaba a verse menos como una niña y más como una mujer. Sus colegas vendedores vieron a la joven marcharse a bordo de ese auto grande y lujoso, luciendo esa ropa cara y vistosa, pero luego murmuraron. "Que hablen lo que quieran", pensó, su hija estaba bien y se veía cada vez mejor.

Esa noche Ixquic le contó a Viernes y a Atanasio acerca de su hermana, que seguro trabajaba de oficinista en una zona lujosa y que vivía amancebada con un su novio. Sus hermanos escucharon pacientemente el relato de su madre, intercambiando miradas y, en silencio, optaron por no decirle lo que sospechaban. Luego, conversaron entre ellos. Viernes fue de la idea que dejaran a Ixchel hacer lo que le placiera, pero ayudarla en lo que fuera, si es que ella se los pedía. Atanasio le dijo que sí a su her-

mano, pero al día siguiente les ordenó a sus muchachos averiguar dónde estaba, para cuidarla como
Dios manda, que nadie se atreviera a hacerle nada.

Cuando Atanasio descubrió dónde estaba Ixchel, la visitó. Atanasio llegó al lugar a eso del medio día, cuando no había actividad alguna. Tocó la
puerta y, cuando dijo de quién se trataba, le permitieron entrar. Al verse, los hermanos se abrazaron.
Ixchel lloró, conmovida por el gesto de su hermano
pequeño. Atanasio le habló con autoridad y ternura
paternal. Le pidió que regresara a casa, pero ella
se rehusó. "Si lo hacés por dinero, yo te daré todo
el que necesités", le dijo Atanasio. Ixchel le respondió que lo hacía por placer, por vocación. Atanasio
no quiso que su hermana le explicara más, no quería entrar en esos detalles. Además ella era libre de
hacer lo que le pareciera. Atanasio la vio con cariño
y le preguntó, con ternura: "cómo te puedo ayudar". Ixchel lo abrazó, le dio un beso en la mejilla
y le contestó: "como tú quieras, hermanito". Atanasio le prometió que sus muchachos cuidarían de
ella, con o sin el consentimiento del dueño del lugar. Ixchel, gustosa, aceptó. Atanasio llegó a un
acuerdo con Mario, el taciturno propietario, y le
proporcionó, sin costo, dos de los elementos mejor
preparados de su pandilla para que sirvieran de
seguridad en el establecimiento en el que trabajaba
su hermana.

Antes de despedirse, Ixchel le rogó a Atanasio
que no le dijera nada a su madre de su trabajo como
bailarina de barra show. Ixchel hacía lo que más le
gustaba: bailar, coquetear, ser siempre el centro
de atención y coger como que no hubiera más en
el mundo. Coger por placer. Coger para no enterar-

se de nada. Coger como anestesia. Además, ahí le aseguraban clientela, protección, albergue y toda la comida que se le ocurriera. Su cuerpo, joven y voluptuoso, y su rostro, que aún conserva un dejo de inocencia, eran la novedad del lugar. No pasaba noche sin que un par de borrachos se pelearan por ella. Esos arranques de furia, le causaban gracia, curiosidad. Total, se acostaba con quien le viniera en gana. Cada noche se hacía más conocida y mucho más codiciada.

Ixchel se estaba convirtiendo en la princesa indiscutible del bajo mundo de la ciudad. Por sus exóticos y deslumbrantes encantos, el dueño le concedió ciertas excepciones, le permitía imponer casi todos sus antojos y caprichos. No era Mario quien la dominaba, sino que al revés. Como le sucedía desde que descubrió su sexualidad, el magnetismo irresistible que emanaba de una vulva insatisfecha, la fuerza natural de su insaciable apetito carnal. Siempre con un puñado de hombres peleándose por llamar su atención, por agradarla y complacerla, para acariciarla e intentar hacerla suya. Lo mismo, con una marcada diferencia. Ahora no se trataba de un tonto juego en donde lo que ganaba era experiencia y dolor, sino que una manera astuta de ganarse la vida, de aprovechar sus dones para imponerse. Nada que entregarse a un pobre diablo por la ridícula excusa del amor, esa debilidad pasajera que enturbia los sentidos. Si antes, de todos modos, querían tocarla y acostarse con ella, pues ahora si lo querían hacer cancelaban una cuota, que pagaran por satisfacer sus pasiones, que les costara algo y no sólo las falsas promesas y las palabras que se lleva el viento y se pierden en la oscuridad de la noche.

Al cabo de un par de años, Balam por fin cruzó la frontera entre México y Estados Unidos. A bordo de una avioneta, observaba desde las alturas la cicatriz que es el río Bravo en el rostro avejentado de la tierra. El poblado del desierto de Sinaloa donde lo cobijaron cuando estaba al borde de la muerte resultó ser una de las guaridas de la eficiente banda de narcotraficantes del Oso Polanco, quien le sacó provecho a las habilidades del recién llegado. Para Polanco y los suyos, Balam era un pobre más, salido del Sur. Al principio, ni le preguntaron de dónde era: Chiapas, Guerrero o Veracruz. Su procedencia los tenía sin cuidado. Un latino más: moreno, chaparro, pobre. Contaba si era fajador, arrecho, aventado, porque si no lo era, moriría pronto. Al contrario, Balam vivía para luchar y luchaba para vivir. Ese mundo de violencia instantánea y adrenalina pura, que se daba en el escenario de uno de los desiertos más ardientes del mundo, fascinó a Balam, acostumbrado a correr grandes riesgos por mínimas ganancias. O, como le dicen sus ahora compinches, "eras un jonronero en pinches ligas menores, güey".

La historia de Polanco era bastante sencilla. Su padre fue campesino y, por un programa de capacitación y préstamos blandos impulsado por el gobierno mexicano, llegó a ser dueño de una flotilla de camiones. Comenzó transportando semillas, fertilizantes y cosechas. Con sus ahorros, mandó a su hijo a la escuela y luego a la preparatoria en Ciudad Juárez. El hijo, de cariño le decían Oso, salió más ambicioso que su padre y para ir a la universidad se cruzó la frontera. Tras cuatro años de estudio y parranda, se graduó en administración de empresas en la sede de El Paso de la Universidad de Texas. Ahí conoció a un peruano, un tipo rudo y malencarado apellidado Guerra, con quien desarrollaron un ambicioso plan cuando recién comenzaba el negocio de la nieve tropical.

Cuando el Oso Polanco regresó, transformó el negocio de su padre. Contaban con la mano de obra, la infraestructura, los contactos en distintos niveles, el sistema de distribución, el conocimiento de las carreteras principales y vecinales. Tenía la disciplina y le sobraba ambición. Balam llegó cuando la organización del Oso Polanco necesitaba confiar en personas con las que no estuviera emparentado para suplir sus distintas necesidades operativas. Los primos en primero, en segundo y hasta en tercer grado se encargaban de distintas facetas del complejo negocio; ya no había más Polancos que emplear, porque todos estaban metidos hasta el copete en el rollo. La organización necesitaba romper la asociación por filiación y crecer hacia la afiliación, si es que alcanzaría el futuro promisorio que el Oso Polanco deseaba. Pero crecer significaba establecer un sistema que regulara los procedimientos de reclutamiento, contratación y desempeño y confiar distintos niveles operativos a personas disciplinadas, que respondieran al programa propuesto y le fueran fieles hasta la muerte. En Balam, el Oso Polanco vio un elemento con el potencial para escalar con rapidez. Por eso, le dio tareas sencillas como correo, vigía y guardaespaldas durante los operativos riesgosos. Pero en la medida en la que descubrió la vocación para el servicio de Balam, la dedicación con que se afanaba, la puntería con que venía dotado, el nivel de organización y el don de gentes que poseía, le confió cada vez más tareas, lo llevó a la casa, lo presentó con sus padres y sus hermanas, en especial a Maribel, la segunda, que ya estaba en edad de sentar cabeza. Fue cuestión de meses antes de que Balam gozara de la bendición de los padres, abuelos, hermanos, tíos y primos y se pusiera a vivir con Maribel, incorporado por completo a las tareas de la familia Polanco.

El Oso Polanco, también conocido como el Zar del Cartel de Ciudad Juárez, le tomó cariño a su cuñado Balam y le encargó la coordinación de pequeños despachos hacia El Paso, San Antonio, Houston, Dallas y Austin. A veces en avionetas; otras, en vehículos. A pesar de que el volumen era poco, eran misiones que abrían brecha y, por ello, arriesgadas, mortales. La división de tareas para el Oso Polanco era sencilla y práctica: su hermano Julio, su colaborador más eficaz, se encargaba de lo más difícil, que la mercancía llegara desde el sur hasta ellos; su hermano Ricardo, su colaborador más voraz, se encargaba del aparato de almacenamiento y despacho; su primo José Luis, su colaborador más joven, de los canales de distribución en México y las entregas hasta la frontera; Balam, si se ganaba el puesto, de abrir las rutas en los Estados Unidos, la nueva tarea, que era la más riesgosa. Lo puso a prueba con cosas sencillas, midiendo su capacidad para resolver eventualidades y colocándole tentaciones serias para ver si la ambición era motivo para que Balam los traicionara. Balam pasaba todas y cada una de las pruebas internas con soltura y tranquilidad; hasta con deleite.

Polanco ignoraba que la condición de Balam, el fuego interno que arde sin consumir, era la de un guerrero aborigen. Balam nació con la añoranza de la violencia del poder, de los actos primitivos que se llevaban a cabo para imponer y salvaguardar un orden superior, un orden que aparenta que todo aquel derramamiento de sangre quedó atrás aunque pocos sepan que la ejecución ritual de la violencia es lo que lo fundamenta y hace posible. En otras circunstancias, Balam hubiera sido un excelente policía o un soldado competente. Pero entregó sus dotes de guerrero al más temible narcotraficante de México, cosas del destino. Durante su etapa de consolidación, el guerrero obedece a quien le da órdenes: sean sacerdotes, comerciantes o un guerrero con mayor trayectoria. Entonces, se especializa en cumplir los mandatos que le den, sin cuestionar su pertinencia ni su propósito.

Para transportar y entregar la mercancía, varias veces Balam se libró de los federales mexicanos valiéndose del soborno; pocas, de las balas. Lidiaba con los compradores del otro lado de la frontera, los gringos y los chicanos que siempre protestaban por el precio de la mercancía, que les molestaba el menor retraso en la entrega o que asumían una actitud de desconfianza con los enviados. Por ello, casi todos los encuentros eran tensos. Algunos no pasaban a más. La tensión inicial, la tensión del intercambio y la tensión de retirada. Otros, algo fallaba y corría la sangre. Balam, en particular, se descontrolaba cuando un latino discriminaba a otro carnal, sólo porque recién llegaba al Norte. Apretaba el gatillo, aunque no hubiera ningún otro motivo. Entonces, en vez de entregas, había tiroteos. A veces, resistían un intento de expansión de una banda rival o los emboscaban en las carreteras o un grupo de enmascarados irrumpían en sus casas a media noche y había que acabar con ellos a puros balazos, a cuchillazos, como fuera.

Las broncas con las bandas enemigas y los federales estadounidenses se acrecentaron cuando el Oso Polanco, con el respaldo de sus proveedores andinos, decidió establecer nuevos centros de distribución no sólo en la frontera mexicana, sino también adentro de Estados Unidos. La droga le llegaba desde Colombia, pasando por Panamá y Guatemala, hasta recibirla en las pistas clandestinas de Sinaloa y los muelles encubiertos en el Golfo. Desde ahí, la organización de los Polanco distribuía los cargamentos por vía aérea hacia Texas, por tierra hacia Arizona y Nuevo México y por vía marítima hacia Lousiana y Florida.

Por ocurrencia o capricho, el Oso Polanco adoptó San Antonio como su base en Estados Unidos; se decía que por un romance en esa pequeña ciudad de Texas, con una güera, nacida de una buena familia gringa. Desde ese lugar, próximo al Álamo, el Oso quería extender su territorio de operaciones estadounidenses hacia Nuevo México, Arizona y Louisiana. Dicho desplazamiento operativo implicaba la ejecución de una serie de matanzas para deshacerse de algunas bandas mexicanas rivales, con redes de distribución dominadas por gringos o chicanos que no entendían el nuevo esquema de operación que pactaron desde el sur. Balam fue el encargado de ejecutar el plan de Polanco para establecer su propia red de distribución en el sur de Estados Unidos, de organizar las celadas y llevar a cabo los rituales propiciatorios para exterminar a todo el que se resistiera a entrar al nuevo modelo operativo.

Para señalizar la seriedad con la que actuaba Polanco, Balam aplicaba su sello personal en las operaciones en donde caía alguno de los líderes rivales. Lo colocaba aún vivo sobre el auto o el escritorio, dependiendo del lugar, y luego, con una sola incisión precisa, le extraía el corazón palpitante, un milenario ritual de los aborígenes de su tierra. Durante el período de expansión, quienes se opusieron a Polanco, por lo general eran cada vez menos, o eran nuevos en el juego, personas que querían hacer sus fortunas de la noche a la mañana, sin respetar el ritmo ni la disciplina que se requieren para llegar lejos en esa compleja empresa. En la hora de su muerte, llegaban a conocer a Balam, cuya leyenda se esparcía con velocidad, entre los que quedaban vivos, por el norte de México y el sur de Estados Unidos.

Al cabo del primer año, Balam le envió el primer sobre con dinero a su madre. Se valió de un colega que coordinaba el nuevo flujo de los despachos provenientes desde Los Andes, acondicionaba sistemas de almacenamiento provisional en Centroamérica. Como era la primera noticia que recibiría de sus huesos y para que no se asustara mucho la viejita, sólo le mandó cuatro mil dólares y una foto donde estaba sonriente, recostado contra un auto. Para el cumpleaños de su madre, le envió el doble. Total, era poco comparado con lo que él ganaba semanalmente.

A los trece, Pedro buscaba irse hacia Estados Unidos, tras la pista de su hermano grande. Después de todo, Pedro se beneficiaba con el dinero que les enviaba Balam; con eso, su madre costeaba los estudios de Viernes y les compraba ropa nueva, zapatos; a veces hasta se daba sus gustos. Cuando eso sucedía, a Pedro le gustaba ir al cine, a jugar maquinitas y a los restaurantes de comida rápida. Pedro se parecía más a Balam que a Atanasio; era un poco más pasivo, tranquilo, un poco más soñador que Atanasio. Atanasio esperaba más bien que Pedro se uniera a la pandilla y le ayudara con las tareas que necesitaban de alguien de su entera confianza y un poco de inteligencia. Atanasio, aunque temía que su hermano no entendiera lo que estaba en juego, le insistió. Ixquic, para evitar que se uniera a los muchachos de Atanasio, cedió ante los deseos insistentes de Pedro. "Está bien, m'ijo", le dijo su madre: "andate a buscar a tu hermano. No se hable más".

Con una parte del dinero que recibió de Balam, Ixquic pagó el viaje de Pedro. Esa misma noche llegó el coyote por el adolescente. Pedro recorrió, sin saberlo, un trayecto bastante similar al de Balam, con variaciones cruciales y tenebrosas. En Chiapas, por ejemplo, no lo metieron a bordo de un furgón de doble fondo, sino que lo hicieron que abordara el tren. En la Bombilla, los abandonó el coyote que los llevaba y les indicó dónde bajarse de *la bestia* para hacer el contacto con quien los guiaría el resto del camino. En el tren, aunque el trayecto dura menos de ocho horas, un grupo de cuatro muchachos, con el rostro tatuado, los asaltó y hasta violó a uno de los acompañantes. Pedro, quien volteó la vista hacia el otro lado, temblaba, pensando que el siguiente sería él. Por fortuna, esa noche las cosas no pasaron a más.

Al día siguiente hicieron el contacto con el coyote que los ayudaría en el próximo tramo. Los subió a un camión y comenzó la travesía, metidos dentro de un estrecho recinto sin comer ni detenerse para hacer sus necesidades. Pedro experimentó la misma algarabía, el mismo tedio, la misma hambre, la misma incertidumbre y la misma sed que padeciera Balam. Al cabo de tres jornadas, los bajaron del camión en medio del desierto y los pusieron a caminar en fila. En algún momento de la noche, el coyote los abandonó. La arena, no obstante, le deparó un destino distinto a Pedro; al filo del medio día, se desmayó. El hambre, la sed y la insolación lo tumbaron. Pedro murió sin enterarse. Ixquic se quedó, por siempre, esperando noticias de su hijo.

VI
Xibalbá

*I began to see how the literature I revered,
the literature I loathed, behaved in its en-
counter with racial ideology.*

Tony Morrison

Durante el receso entre la primera y la segunda
clase, los profesores de la Escuela de Historia que
se encontraban en el salón de catedráticos se enteraron del nuevo trabajo de Viernes, como aborigen
para que alfabetizara a otros aborígenes de un área
remota. A falta de otro tema, se dedicaron a especu-
lar acerca de las implicaciones académicas de esa
decisión: abandonará los estudios, auguraban.
Otros comentaron la difícil situación que Viernes
atravesaba desde el fallecimiento de su padre, la
debilidad que evidenciaba, el luto y sus múltiples
manifestaciones. Uno de ellos, que permaneció silencioso durante el comentario que les suscitó la
noticia de Viernes, consideró el momento oportuno
para hacerle una oferta que no fuera capaz de rechazar, temiendo que ese tonto trabajo que un puñado de imbéciles le ofreció a Viernes lo alejaría
de la búsqueda intelectual que a él le interesaba
que emprendiera su estudiante estrella. El doctor
Pascual Reyes salió del modesto salón de catedrá-

ticos acariciándose las manos, a punto de presentarle una tentación ineludible, proveniente del árbol del conocimiento.

La noche anterior, el doctor Pascual Reyes lo soñó a mar abierto, a bordo de una canoa, en compañía de otros aborígenes. Llegaban a la playa de la isla que hasta entonces Reyes habitaba en soledad. Los aborígenes llevaban atado a Viernes, lo insultaban y lo trataban con crueldad. Cuando preparaba la hoguera, Reyes se percató que presenciaba un ritual antropófago. Mientras los aborígenes se entregaban a la preparación del ceremonial de devoración, sonando los tambores, avivando el fuego, Viernes intentó darse a la fuga. Como estaba atado de manos, le costaba correr y los otros aborígenes estaban a punto de atraparlo. Entonces, Reyes disparó al aire. El estruendo de la detonación lo hizo despertar. En el agitado insomnio de la madrugada, Reyes decide que ha llegado el momento de intervenir, pero aún ignoraba cómo.

Esa tarde, Viernes llegó a la universidad con la certeza de que atendía una de sus últimas jornadas. Debido a su nuevo empleo, tendría que abandonar sus estudios; es decir, su sueño. No obstante, el sueño del doctor Pascual Reyes impidió tal desenlace. "Lo he escuchado. Esto que me dices no es nada nuevo para mí. Alguien más ya me lo había contado. No recuerdo quién, pero estoy seguro que esta historia ya la sé". El doctor Pascual Reyes era una persona extraña, de eso no había duda. Estudió antropología y sociología en una universidad europea, francesa lo más probable, pero nadie sabía con exactitud dónde aunque todos estuvieran de acuerdo que se ausentó del país con esa excusa. Se especializaba, o decía especializarse, en el estudio de la escatología religiosa, aunque nadie le conociera una publicación al respecto. Sin embargo, su conocimiento de la materia impresionaba, intimidaba y aturdía. Por lo general, se comportaba de una manera sigilosa, como si no quisiera que su presencia se notara, lo cual le daba un aire de misterio que él mismo buscaba. Se vestía siempre de traje negro y corbata de mariposa. Cuando hacía frío, usaba chalecos de lana, a veces hasta se ponía guantes. Tenía el bigote espeso y las cejas pobladas. De hecho, se parecía a muchas personas, pero a ninguna en particular. En realidad era una persona bastante influyente que ocupaba distintas posiciones claves, aunque pareciera inofensivo y hasta inocuo. Para entonces se sabía que el doctor Pascual Reyes era no sólo catedrático titular del curso Civilizaciones Antiguas en la universidad estatal, sino que también decano de Ciencias Sociales y fiduciario de la universidad privada más prestigiosa del país. Muy pocos sabían que también se desempeñaba como asesor local de *Global Museum*.

Esa noche, el doctor Pascual Reyes se acercó a Viernes después de la clase que le impartía, junto con otra veintena de estudiantes desganados. Le dijo que quería hablarle, en privado, si Viernes le concedía dicho honor. Aunque al principio Viernes lo vio de una forma extraña, no tuvo motivos para rechazar la inusual oferta. "En tal caso", dijo Reyes arqueando las cejas, "permítame invitarlo a cenar, para que conversemos con tranquilidad". El doctor Pascual Reyes y Viernes salieron del grisáceo edificio de la Escuela de Historia y se encaminaron hacia un lujoso vehículo de fabricación alemana, con asientos de cuero y aire acondicionado, que conducía un piloto sobriamente ataviado. En el trayecto, platicaron trivialidades sobre el clima, el resto del claustro y algunos de los alumnos.

El lugar que Reyes escogió fue el restaurante Mozart, ubicado en el interior del hotel Sendero Imperial. Durante la cena, Reyes halagó el extraordinario desempeño académico y la deslumbrante inteligencia de Viernes, "aún más si se le considera como aborigen", agregó, como si ese tonto comentario fuera un cumplido. Cualquiera de las personas que los vio durante el curso de dicha velada, hubiera albergado alguna sospecha de que se trataba de un acontecimiento extraño: el doctor Pascual Reyes, con un traje de corte inglés, elegante e impecable y Viernes, quien desentonaba en aquel lugar debido a lo modesto de su vestimenta pues más que un comensal parecía un mesero fuera de turno. Para Reyes, ese cambio drástico de ambiente era normal. Con frecuencia pasaba de la pobreza y suciedad de la universidad estatal, a los más exclusivos ambientes. No le incomodaba ya, estar en un aula de pupitres rotos y ventanas quebradas, con adolescentes vestidos con ropa desgastada y simplemente fea a una hora y a la siguiente rodeado de la crema y nata de la sociedad, en un amplio salón de piso de mármol, con una discreta melodía clásica ejecutada por un experimentado cuarteto de música de cámara. Mientras degustaban de la ensalada, de los suculentos mariscos que sirvieron como plato principal, el doctor Pascual Reyes le habló de la universidad, de su trayectoria académica, de su insatisfactoria vida docente, del proyecto que alentaba su esperanza como investigador. Viernes mantuvo un silencio que Reyes no sabía interpretar a cabalidad, si se trataba de modestia o de un discreto orgullo.

Luego de darle varias vueltas al asunto, el doctor Pascual Reyes decidió ir al punto y, antes del postre, le formuló una propuesta que, según la investigación de antecedentes y el perfil psicológico que elaboró, Viernes no podría rechazar. "En nombre de una corporación multinacional seria, de reconocida trayectoria en el área académica, *Global Museum*, le proponemos costearle los estudios, a cambio de que trabaje para nosotros, después de que se gradúe", le dijo Reyes. "Sí", comentó cuando observó la expresión de incredulidad y algarabía en los ojos de Viernes, "te damos una beca completa, gozando de las mejores condiciones de estudio, mucho mejor de lo que te puedes imaginar. Te cubrimos los pagos de la universidad, el de los materiales de estudio, la renta de un apartamento y hasta te brindamos un salario competitivo, equiparable al de cualquier gerente de empresa en apogeo. Todo, para que estudies, para que desarrolles tu potencial al máximo, para que te superes y logres lo que te has propuesto".

El doctor Pascual Reyes le garantizó que al graduarse tendría un trabajo en el que aplicaría el conocimiento adquirido y que no lo apartaría de su meta. "Además", mencionó, "quiero que seas mi asistente". Reyes le pidió que fungiera como el auxiliar de su curso predilecto, el que impartía para un curso superior en la universidad donde era decano. "Hasta tendrás tu propio cubículo en el edificio de la biblioteca", le prometió. Fue él quien los puso sobre alerta de lo que buscaba Viernes, quien les contó que se trataba de un ser inocente, náufrago voluntario en su propia isla. Fue el doctor Pascual Reyes quien se estableció como el mediador entre él y ellos, el mensajero que dijo: "¡Gracias a Dios es Viernes! Justo lo que necesitamos. Un aborigen que descubra lo que sucedió con los suyos, es el único estudiante de los cuales me he informado que trae ese fuego primigenio: debemos contratarlo para que nos guíe por ese mítico territorio simbólico". Hasta le ofreció cambiarlo de universidad y lo matriculó en la universidad más onerosa del país, la que queda en el extremo privilegiado de la ciudad, en las lomas de Vista Hermosa.

Esa misma noche, mientras se desplazaban de la Senda Imperial hacia un club nocturno, Viernes aceptó la propuesta del doctor Pascual Reyes pensando en un porvenir venturoso. Para celebrar, Reyes le dijo a Viernes mientras entraban al establecimiento, "pierde cuidado muchacho y dale cumplimiento a la fantasía que se te ocurra, porque esta noche todo corre por mi cuenta". Cuál no sería la sorpresa de Viernes al ver a su hermana Ixchel en la pista realizando el baile más sensual que jamás vio en su vida. Luego del saludo inicial, ambos se pusieron a platicar de forma breve pero concisa. No había mucho que decirse. Su hermana se veía estupenda, hermosa y seductiva y Viernes estaba contento. Ixchel lo invitó a que pasara con algunas de sus amigas, a quienes les recomendó encarecidamente que se encargaran de su hermano mayor. Ixchel sintió algo de curiosidad porque siempre tuvo a su hermano como alguien bastante torpe para las cuestiones amatorias, así que decidió entrar a uno de los salones desde el cual se podía observar lo que sucedía en las recámaras. Viernes quedó bajo el cuidado de tres hermosas jóvenes que le brindaron uno de los momentos más placenteros de su vida.

El lunes siguiente, Viernes comenzaba su vida académica en la universidad más exclusiva de la ciudad, establecida especialmente para educar a los hijos de los magnates antes de que viajaran a estudiar (o después de que no fueran aceptados) en las universidades de Estados Unidos o Europa; o bien, a aquellas niñas consentidas de quienes sus padres no querían aún desprenderse, aunque ya no fueran tan niñas y fueran mimadas con frecuencia e intensidad por sus coetáneos. Prácticamente en dicho establecimiento estudiaba la descendencia de los dueños del país, el conglomerado de niños bien que heredarían los bancos, las industrias, las fincas, los hoteles, las publicitarias y los comercios; es cierto, algunos no eran hijos de oligarcas ni empresarios, sino de altos funcionarios de organismos internacionales o de ministros del gobierno.

Como ninguno de ellos sentía su posición social tan siquiera amenazada por la presencia de un aborigen en las aulas, no se pusieron a molestarlo, quizás porque consideraban que tener uno de vez en cuando constituía un loable gesto de caridad de parte de las autoridades de la universidad. Además, el aborigen escogido se tornaba en una suerte de mascota o símbolo de la buena voluntad, que aparecía esporádicamente en las fotografías y en la publicidad de la universidad. Más que molestarlo, simplemente lo ignoraban; actuaban como si ni siquiera estuviera ahí. En el aula, nadie lo seleccionaba para que trabajara en su grupo ni lo saludaban si coincidían merodeando en el campus; es decir, lo trataban como a cualquiera de los empleados aborígenes con los cuales convivían, como a un perro que no hay que ver a los ojos para evitar que exija cariño o se ponga a ladrar. Lo anterior, tenía sin cuidado a Viernes, quien por demás nunca antes estudió en un lugar tan limpio y ordenado; los jardines, las aulas, los pupitres, la pizarra, hasta con sanitarios que funcionaban. La biblioteca era espaciosa, bien iluminada y poseía un amplio catálogo; pronto se convirtió en su lugar predilecto. En silencio, iluminado, imperturbable, un espacio donde nadie lo molestaba y podía leer a sus anchas.

De la noche a la mañana, Viernes comenzó a darse cuenta y a vivir a plenitud lo que significaba estudiar contando con los recursos suficientes, privilegio del cual nunca antes disfrutó. El proyecto le facilitó un lujoso apartamento ubicado en el último piso de un edificio en las lomas de Vista Hermosa, en las inmediaciones de dicha universidad para que no perdiera tiempo dentro de un colectivo, enfrascado en el tráfico mientras viajaba, como antes lo hizo del campus estatal hacia al barranco en donde creció ubicado en los márgenes de la ciudad. Le pagaron un servicio semanal de alimentos, para que la mucama del apartamento le preparara sus comidas. Además, le brindaron una tarjeta de crédito, cuya cuenta ni siquiera recibía, para que adquiriera los libros que quisiera o los demás objetos o diversiones que se le antojasen. De parte de la universidad, recibía sus honorarios como investigador de tiempo completo, sin que se presentara a trabajar en oficina alguna. La rutina de Viernes no se modificó sustancialmente. Se levantaba temprano, desayunaba y se dedicaba a leer hasta medio día. Almorzaba y luego preparaba sus trabajos escritos. A media tarde, se encaminaba hacia la universidad. Todas las comodidades eran parte del trato y del ciclo que acordó el proyecto. Después de todo, no hay almuerzo gratis y tampoco existe otra manera de establecer las sucesiones, de preparar los relevos generacionales, de edificar las dinastías. No se trata de despilfarro; se trata, más bien, de una inversión, le aseguró Reyes cuando firmaron el extenso y enredado contrato. Reyes también le dijo lo acostumbrado, lo que está escrito en el protocolo que debe decirse a uno más de los iniciados: "dedícate a estudiar; no te preocupes por nada más, todavía. Así valoramos a los que tienen talento y buscan una oportunidad para ascender. Los ayudamos a desarrollar su potencial, a encontrar su propia senda. Después, mucho después, cuando ya están afianzados, les pedimos la justa retribución. Agrado quiere agrado. Hay que dar, para luego recibir... Pero para eso falta mucho todavía. Ahora tu preocupación principal debe ser el estudio y punto. No pienses ni te distraigas en otra cosa".

Mientras tanto, en el centro de la ciudad se libraba la más cruenta guerra jamás conocida en el país entre las pandillas de los muchachos pobres y grupos armados de muchachos ricos. A los pandilleros, les decían *breaks* (quebrados), porque algunos andaban en la moda del *breakdance*, ese baile de movimientos robóticos, fragmentarios y discontinuos. Su atuendo oficial eran playeras de jugadores de football americano, jeans apretados y zapatillas de baloncesto *All-Star*, de preferencia rojas. Aunque el modelo era el Michael Jackson de *Thriller*, chaqueta roja, guante blanco y pantalón apretado, los muchachos más se parecían al elenco de dicho video. Expresando el resentimiento étnico y odio de clase, los niños bien también les llamaban *choleros*, porque comían frijoles; *mucos,* porque los consideraban descendientes del chamuco (diablo) y/o de las mucamas; *shumos,* no sabían exactamente por qué y hasta se hicieron combinaciones innovadoras como *cholebreak, múcuro, cholemuco*. La mayoría eran muchachos pobres y aborígenes, provenientes de los barrios marginales, que, por lo general, se abstenían de aventurarse hasta el centro de la ciudad y se quedaban en los alrededores de los barrancos que habitaban. Pero cuando llegaban al centro, frecuentaban los comerciales y el complejo de cines llamado Capitol, en particular las maquinitas y los billares, o la torre de oficinas y plaza de restaurantes conocido como Plaza, en donde había un ambiente especial para bailar el *breakdance*.

Mientras que los niños ricos se hacían llamar *antibreaks*, eran hijos de empresarios o militares, estudiaban karate o andaban armados, se vestían con chaquetas de aviadores y usaban lentes de sol a toda hora. Su modelo era el Tom Cruise de *Top Gun*, aunque su apariencia fuera más bien la de una grotesca caricatura, a escala, del galán del momento. Se trataba de grupos de niños bien, criollos, *kaxlanes*, que estudiaban en los colegios católicos tradicionales (el Javier, el Liceo), los colegios supuestamente progresistas (el Alemán, el Suizo), o aquéllos cuya educación reproducía el modelo de enseñanza estadounidense (el Americano, la Prepa, el Metro). Los días en que decidían no entrar a sus colegios, los *antibreaks* llegaban, desde sus lujosas residencias en las lomas, al centro de la ciudad en autos todo terreno de vidrios polarizados y merodeaban en espera de sus presas. En vez de circular en las proximidades del Capitol o Plaza, en donde con alguna frecuencia se congregaban los pandilleros de verdad, los *antibreak* se iban cerca de los institutos, en busca de los estudiantes indefensos, aquellos que lucían particularmente pobres, aborígenes y débiles, cuya apariencia en sí misma ellos tomaban como peligrosa, como perteneciente a un delincuente en potencia. Cuando detectaban a un muchacho solitario, lo atacaban. Detenían el auto y se bajaban en grupo para pegarle; algunos, llevaban bates o manoplas. La mayoría de las veces los dejaban malheridos; otras, muertos. Ese tipo de espectáculo violento a plena luz del día era una escena común, recurrente, para los oficinistas que laboraban en el centro.

En la violencia con que los jóvenes criollos atacaban a los jóvenes aborígenes se expresaba el temor ancestral sobre el cual se articuló la relación entre los pobladores del país. Durante la colonia, uno de los peores temores de los criollos, que vivían en las ciudades, era que los aborígenes, en algún momento, decidieran bajar de los cerros, machete en mano, a cobrar venganza. Fueron frecuentes los motines, las ocasiones en las que el sistema de control fallaba o se extralimitaba, y brotaba, incontenible, la violencia de los aborígenes, dando lugar a que se mantuviera vivo el hondo pavor de la muchedumbre enardecida que invadía la ciudad, ciegos de ira. Ahora, el pavor no era que bajaran de los cerros, sino lo que temían los *antibreaks* era que los aborígenes se salieran de sus barrancos y, cuchillo en mano, esparcieran su violencia en las calles de una ciudad que los niños criollos aún pensaban suya. Por eso, la patrullaban armados, a bordo de las aparatosas *Suburbans,* los caballos contemporáneos.

Esa sórdida lucha urbana, una verdadera guerra sucia, hizo crecer el poder de Atanasio, que entendió las dimensiones étnicas y de clase que subyacían en el absurdo enfrentamiento de *breaks* y *antibreaks*. Para presentar una defensa común contra los niños ricos, que tenían autos, armas y entrenamiento paramilitar, Atanasio llamó a una junta con pandillas de otros barrios. Se congregaron, a medio día, en el campo de los lecheros, para que todos pudieran ver bien quiénes y cómo llegaban; de esta forma, despejar suspicacias. Atanasio conocía por el nombre o la fama a algunos de los cabecillas de otros barrios (el *Krazy*, del Limón; Selvin, de la Carolingia; el Viejo, del San Antonio; el *Killer*, de Pinares; el *Bulldog*, de Las Ilusiones) y al resto los conoció esa tarde. Cada cual llegó con sus *hommies*, armados con las pesadas, y al principio estuvieron inquietos, brincones, listos para agarrarse a cuentazos en el momento que fuera necesario. Atanasio, que convocó a la reunión, le entró al suave, con voz pausada y tranquila, les presentó la situación y les propuso que asumieran las tácticas de lucha de los ancestros para evitar que los suyos siguieran siendo presa fácil de los despiadados ataques de los *kaxlanes*. Eso y la serena actitud del muchacho los fue calmando. "Establecer el sur y tirar barrio" fue la consigna. Hasta alcanzaron un pacto, un choque de manos, para que cesara la violencia entre ellos, "la raza debe mantenerse unida", que actuarían juntos contra los *antibreaks*. Establecieron un sistema de comunicación en las calles del centro para tenderles trampas y pasar de la vulnerabilidad al ataque. Compraron armas de grueso calibre y se entrenaron para usarlas. Adquirieron motocicletas, autos deportivos y jeeps. Dispusieron niños en las esquinas con bicicletas o en puestos de venta de periódicos, lavacarros que llamaban por los teléfonos móviles, un complejo operativo de vigilancia y control.

Para la primera acción usaron de carnada al Trapos, un pandillero flaco, entelerido, que pasaba por un estudiante indefenso; hasta consiguió lentes para disimular. Tres días seguidos salió al medio día del Instituto Central y agarró por la octava calle, una calle bastante silenciosa en la que ocurrieron varios incidentes y no pasó nada. Al cuarto, una *Suburban* azul lo siguió y se le atravesó cuando intentó cruzar la calle. En un parpadeo, se abrieron las puertas y se bajaron tres muchachos con bates y otro con manoplas. Todavía estaban insultando al Trapos, gritándole que se arrodillara y les besara los pies, "como todo buen esclavo", riéndose, cuando se escucharon varios frenazos y ruidos metálicos de puertas que se abrían, cerraban y armas que se cargaban. Atanasio y los suyos, a bordo de jeeps y motocicletas, rodearon a los muchachos de la Suburban, encañonándolos con armas automáticas. A punta de metralla, les quitaron los bates y las manoplas, mientras los otrora fieros *antibreaks* rogaban por sus vidas y se orinaban en sus pantalones. Fueron ahora los *breaks* quienes los hicieron hincarse y besarles los zapatos. Los niños *nice* imploraban y lanzaban alaridos. Atanasio y los suyos los golpearon con los bates con ritmo y saña hasta que dejaron de gritar y luego, para rematarlos, les descargaron las tolvas. Sólo dejaron vivo al piloto, pues no era más que un desdichado empleado de los niños ricos. La mañana siguiente, un mesero escuálido, de procedencia aborigen, que se dirigía a su trabajo en la zona turística fue asesinado a batazos por un puñado de *antibreaks*. Al mediodía, un joven empresario, dueño de una farmacia en el centro de la ciudad, que lucía una chaqueta de cuero y lentes de sol, fue acuchillado por unos pandilleros mientras caminaba hacia su auto estacionado y unos minutos después hubo tres balaceras en las proximidades de dos institutos entre autos de *breaks* y *antibreaks*. Escenas similares se repitieron todo ese año.

Al fragor de dichas batallas surgieron los "Kanibal", una serie de pequeñas pandillas de distintos barrios que se unieron bajo el liderazgo de Atanasio, para defender el centro de la ciudad de los ataques de los niños bien, que llegaban desde los suburbios sólo para pegarles y dispararles, escuchando la música de un grupo que se hacía llamar *Bohemia Suburbana* y que encabezaba un mesiánico niño *nice* que apelaba a la inconformidad y a la violencia. Los choques fueron constantes y sangrientos, hasta que lograron una división práctica de la ciudad: Las Lomas sería el territorio de los *antibreak* y el centro y los barrancos el de los choleros. Todo aquel que se saliera de su territorio, se jugaba la vida.

Los "Kanibal", con la incorporación que hicieron de otros pequeños grupos del sector, controlaban un territorio cada vez más extenso de la ciudad. Hasta un cuartel de policía, ubicado en las cercanías de La Cuchilla, cayó bajo su dominio. Los oficiales, casi todos ellos jóvenes campesinos recién llegados a la capital desde el oriente del país, le temían a ese grupo violento de muchachos que crecieron para personificar los peores vicios y las virtudes de una ciudad sin reglas, en donde únicamente se hacían respetar quienes se lograban imponer a la fuerza. Los policías encargados de controlar la zona donde operaban los "Kanibal", antes de combatirlos, decidieron dejarse engullir y pactar su colaboración con ellos. El barrio le pertenecía a la pandilla, lo aceptaban, pues eran quienes ponían el orden, quienes gozaban del monopolio del uso de la fuerza en aquel territorio. De alguna forma, aunque los "Kanibal" mismos se reían de la fama que habían adquirido, pues no todo lo que decían de ellos era cierto, sabían que los *kaxlanes* les temían con razón. Con sus enemigos, eran abominables, sanguinarios y, en ocasiones, monstruosos. Pero nunca con los suyos, eso era un hecho conocido. Con los suyos, eran filantrópicos: ayudaban a las viudas, a los huérfanos, a las madres solteras, a los ancianos y a los desvalidos. Les daban trabajo, dinero, hasta les conseguían lugares donde vivir por un costo accesible o les concedían préstamos blandos para que comenzaran sus negocios. Además, por la forma en que cuidaban su zona, paradójicamente era el lugar de la ciudad en donde se cometían menos crímenes. En el barrio, no habían robos, casi nunca hubo asesinatos. Los niños jugaban en las calles, en los callejones, en las plazas, que no les pasaba nada. Al contrario, se les cuidaba.

La mayor parte de los ingresos de los "Kanibal" provenían de las acciones que se les antojaba cometer en las zonas criollas: saqueaban comercios, casas o peatones; asaltaban buses o camiones enteros con mercancías; robaban autos de lujo o vendían droga. De vez en cuando hacían trabajitos para un licenciado que como pago les aseguraba que nunca tendrían problemas con la ley; siempre los ayudaba cuando uno de los *hommies* caía detenido o era jalado a prisión. No sabían si era fiscal, comisario o diputado, pero algo así. En vez de tatuajes, usaba corbatas; en vez de caló, hablaba en jerga legalista; hasta brincón era. De alguna forma, se parecía a ellos, si hasta del mismo barrio fue. Estuvo en su misma escuela y por eso les tenía aprecio y a ellos les caía bien. Así que no había bronca cuando él les pedía apuñalar *kaxlanes* o transar armas. Eso sí, luego de unos trabajos, fue él quien terminó trabajando para ellos, pues le advirtieron que de oponerse, correría la misma suerte que los que él mismo había señalado.

Atanasio le consultó al Lic. lo que debían hacer para establecer algunos negocios que les permitieran invertir algo del efectivo que robaban y crecer económicamente. Aunque el plan que les trazó era bastante sólido y les detallaba con precisión los trámites que debían realizar para inscribir legalmente un negocio y delineaba buenas opciones para invertir dinero, el licenciado trató de engañarlos. Como eran simples pandilleros, pensó que no se darían cuenta de la estafa que quiso llevar a cabo. Pero fue él quien se engañó. Cuando el licenciado terminó de explicarles, tras intentar disuadirlos de que la mejor opción que tenían era depositar la mayor parte de su dinero en una cuenta *offshore* a nombre del Lic. Atanasio intuyó que algo estaba mal. Se había tratado de pasar de listo el licenciado con ellos. Lástima. Pero en verdad, ya no lo necesitaban. Cumplió su propósito. Atanasio hizo una sola señal a los suyos. Salieron del despacho con sigilo.

Como el nivel de sus operaciones fue creciendo, Atanasio decidió que era el momento de abandonar la sombra del poste de luz en la entrada del asentamiento y buscar algo a la altura de las nuevas circunstancias. Durante un tiempo merodeó, a bordo de su jeep, el área residencial cercana a su barrio, en busca de un adecuado centro de operaciones. Se lo ha dicho a los suyos: "Libramos una guerra milenaria. Somos guerreros, al estilo de los ancestros". Por eso cuando descubrieron, en medio de un área populosa, una mansión edificada a principios del siglo anterior, que ocupaba toda una manzana, asediaron al propietario, Adolfo, un hombre pequeño, de piel sonrosada, ojos claros y apellido de abolengo. Según la investigación que realizaron, el hombre, divorciado, tenía algunos apartamentos en el centro y una propiedad en la boca-costa, una pequeña finca de café que durante años había sostenido sus excesos.

Una mañana, mientras Adolfo sacaba su auto de lujo, los "Kanibal" le atravesaron el jeep, dos autos deportivos y cuatro motocicletas. Atanasio, rodeado de pandilleros gruesamente armados, le habló con una voz pausada que nada tenía que ver con el despliegue intimidatorio a su alrededor. Le dijo, a Adolfo, el dueño de la propiedad, con el tono más sereno, que querían su casa y que le daban una semana para desalojarla. "Múdese a uno de sus apartamentos o a su finca", le indicó, con la mayor amabilidad del mundo. "Si me obedece, no le pasara nada. Se le dejará en paz. De lo contrario", le advirtió, "nos molestaremos y usted descansará en paz". Atanasio le dijo que bien podían haberlo matado, pero a él no le interesaba cometer un crimen inútil, sino que tan sólo gustaría que se largara de esa propiedad, que les gustaba y pensaban darle un mejor uso que como residencia de un burgués bueno para nada. Luego del encuentro, Adolfo regresó a su propiedad. Se quedó alterado, temblando de los nervios y se había orinado en su asiento. Adolfo llamó a la policía y, cuando logró línea, le ofrecieron enviarle una patrulla. Habló con varios de sus amigos empresarios, que tenían conectes en el Ministerio de Gobernación. Todos se consternaron con su caso y prometieron devolverle la llamada. Cuando llegó la noche, supo que la patrulla nunca llegaría.

Adolfo se encerró en la casa. Adentro, se puso a pensar en lo mucho que se había esparcido la delincuencia, en la cantidad de crímenes que se reportaban a diario en las noticias, hombres y mujeres asesinadas por motivos tan banales como el robo de la billetera o del auto, negocios extorsionados, secuestros, crímenes pasionales, violencia intrafamiliar, lo que fuera. Adolfo admitía que vivía en una región violenta, plagada por la soberbia de un puñado de adinerados que gobernaban el país como si fuese una finca esclavista y millones de resentidos por haber sido sumidos en la pobreza y despojado sistemáticamente de oportunidades. Como decía aquella obra de Shakespeare, una maldición en ambas familias, *a plague on both houses*. Los adinerados por lo general contaban con su propio ejército privado que les brindaba seguridad personal y los pobres tenían sus pandillas. Sólo los profesionistas y los pequeños propietarios, la clase media, quedaba desprotegida ante la violencia, a merced de los grandes negocios y el crimen organizado que actuaban con completa impunidad. Adolfo cargó una vieja escopeta y se sentó en la sala, esperando a los bárbaros. Que llegaran por él, que los enfrentaría y mataría a uno por uno, hasta quedarse con la última bala, que reservó para sí. Moriría defendiendo su propiedad, afincado en esa última trinchera contra la insensatez. Al cuarto día de no dormir, se dio cuenta que ninguno de sus amigos le devolvería la llamada y que su actitud era absurda. Tendría que cederles la propiedad a esa pandilla de aborígenes resentidos y violentos. Le llevó dos días empacar y desocupó la casa en un solo viaje.

Cuando Adolfo se marchó, Atanasio y los "Kanibal" establecieron su base de operaciones en el antiguo palacete. Al entrar en él, descubrieron que era mucho más grande de lo que pensaron, pero en plena decadencia. Invirtieron bastante dinero en las reparaciones del lugar, pues estaba descuidado, con cuartos sin usar, con el techo averiado. En el patio, había espacio suficiente para los autos y las motocicletas. Aparte de la garita principal, establecieron dos más y armaron el sistema básico de vigilancia y patrullaje de su propiedad. Atanasio tomó el estudio, que conectaba con la recámara principal, como su oficina. Ahí levantó mapas operativos, diagramas de los montos, pizarras con toda clase de información.

Con el paso de los meses, compraron al contado un puñado de locales en las inmediaciones del popular mercado de la Parroquia, a unas cuadras de La Cuchilla, en donde almacenaban y comerciaban la mercancía que hurtaban y otra que principiaron a comprar de forma legal, como cualquier otro grupo de comerciantes: artículos de consumo diario, insumos para la canasta básica, utensilios de limpieza y hasta una carnicería. Los negocios, para no echarse mucho color, corrían a cargo de las hermanas y las novias de los pandilleros, que necesitan algo en que entretenerse mientras ellos cumplían con sus obligaciones de cazadores, proveedores y guerreros. Atanasio invirtió algo de sus ganancias personales en otra zona, comercial y turística. Tenía que diversificar, si quería mantener el nivel de operaciones y superarse. Luego de comprar un restaurante bastante bien acreditado y contratar a un gerente egresado de una universidad privada, se puso a buscar un local para establecer un centro de entretenimiento nocturno, para el cual encontró a la persona idónea: un muchacho extranjero, hablador incesante, bien parecido, simpático, cae bien, quien le recordaba a su hermano Balam. Se llama Maximiliano y Atanasio le compartió su plan comercial: un harem de lujo, para los clientes más exigentes y adinerados; no quiso confesarle su intención secreta: un lugar para que su hermana estuviera segura, bajo su completa protección. Max, como le llamaban sus amigos, aceptó entrar al esquema como administrador y supuesto dueño.

Algunos miembros de la pandilla dejaron el barrio y dispusieron instalarse en el palacete con sus novias, lo que molestaba a Atanasio porque: primero, se descuidaba el barrio; y segundo, las chicas siempre ocasionaban problemas entre los *hommies*. A Atanasio, le desagradaba mezclar los negocios con el placer, una cosa era una cosa y otra, pues otra, decía. Con las muchachas, se aflojaba la disciplina necesaria para administrar eficientemente sus empresas, las legales y las derivadas del preciso uso de la fuerza. Los celos entre las parejas se volvían inevitables y eran comúnmente seguidos de infidelidades. *Hommies* que fueron *broders*, terminaban como enemigos luego de alguna traición instintiva, a veces inclusive involuntaria. Las muchachas, en plena adolescencia, eran guapas y seductoras. Atanasio estableció un código para evitar desmadres, así que cuando eso sucedía y los *hommies* no sabían cómo manejar sus sentimientos, no lograban aguantar que un *broder* se hubiera acostado con una mujer que no valía la pena, se dictaminaba que un duelo era lo único que podía resolver "la bronca". Todos sabían que ése era el costo, así que el procedimiento se volvió normal. "Que se muera el que se tenga que morir y que siga su vida quien quede vivo". A las mujeres que ocasionaban la bronca, simplemente se les desterraba de los confines de la pandilla, que fueran a provocar bronca a otro lado.

Atanasio, sin embargo, se mantenía alejado de esos problemas sentimentales. Siempre llegaba a su casa antes de que amaneciera. Ayudaba a su madre y sus hermanos menores a trasladar la mesa y las palanganas de comida a la esquina en donde vendían. No olvidaba que su trabajo más importante era protegerlos. Con ellos, desayunaba los huevos fritos, los panes con frijol, el jugo de naranja de los que preparaba su madre para vender. Sin bien ha tenido sus romances, adquiriendo fama de rompecorazones, todavía no pensaba en involucrarse en serio con ninguna de las chicas que tenía cerca. Todas eran iguales: coquetas, sometidas, pero traicioneras. Por eso se acostaba con ellas, a veces con dos o tres a la vez, pero nada más. Prefería esperar que llegara la que valiera la pena, si es que alguna vez llegaba.

Ixchel, antes de cumplir los 16, aceptó una de las decenas de ofertas que recibía cada noche. Al final, la convenció un hombre por la visión de futuro que le presentó, por lo mucho que le habló de sus planes y porque la llevó varias a veces al lugar en donde prometía que todo aquello se materializaría. No era la primera vez que Ixchel escuchaba a alguien ilusionado con sus propias palabras, embelesado con endebles razonamientos y emotivos planteamientos. En el curso de los meses que ha trabajado en la barra show, alternando las pláticas o el servicio con los clientes con la rutina de baile de dos canciones (la primera movida y seductora, para calentarlos; la segunda romántica y lenta, para desnudarse), varios le han ofrecido darle empleo en otro centro nocturno, de mayor prestigio y ganando mejor, sólo que con más trabajo, más clientes. Otros le han ofrecido ponerle una casa con todas las comodidades y volverla su amante exclusiva. Otros le han prometido vestirla de blanco y casarse con ella, que estaban enamorados, que no pensaban ya en nadie más. A Ixchel le daban risa los sentimentales y le gustaba romperles el corazón, por ingenuos, por débiles. Ixchel tenía una buena idea de lo que pasaría si aceptara una de esas propuestas que le hacían sin pensarlo y, por eso mismo, ni lo pensaba. Pero, al fin, llegaba quien la convenciera para algo sensato.

Del local del Trébol en donde comenzó su carrera, se trasladó a una amplia casa, ubicada en un sector exclusivo y discreto. Maximiliano, un extranjero que estaba planificando abrir *Macoño*, un centro nocturno destinado para la clase A, como él le llamaba, y de quien se decía que era socio de un poderoso hombre de negocios, la convenció del cambio. Después de todo, era pragmático, consistente y guapo. El lugar tenía una pista que se adentraba hasta la tercera cuarta parte del salón, con un tubo que se extendía siete metros del suelo al techo. El fondo del escenario había otra pequeña cueva de espejos con un tubo pequeño. En la pared del fondo, a media altura, flanqueando el escenario, dos vitrinas para desplegar a igual número de bailarinas. La iluminación resaltaba el escenario y dejaba al público en penumbras, con sillas próximas al *catwalk*.

De las otras muchachas del show, Lorena, aunque de senos pequeños, era la mejor acróbata. Se dejaba caer desde lo más alto del tubo de bomberos con la destreza de una gimnasta olímpica. En su rutina, empleaba candelas, cuyas llamas recorrería por su piel, protegida por una capa de bronceador para evitar quemaduras. De senos redondos y bien dotados, Gaby era una *crowd-pleaser*, bailaba para el público y era una experta en tocar la sensibilidad de los espectadores, de poner en sus caras la verdad más íntima y desnuda, de confrontarlos de esa manera. Anayensi, de un trasero espectacular, era una apetecible y experimentada joven, que ejecutaba una danza seductiva de velos y celosías sin par en la región. Aunque simplemente delgada, desprovista de protuberancias, Ángeles era capaz de llevar a quien fuera a los cielos. Marcela gozaba de una vocación verbal que dejaba a cualquiera sin habla, lo cual era evidente desde la contemplación misma de sus enormes y sensuales labios. La lista se extendía, con mujeres especializadas en diversas facetas del arte copulatorio.

El cambio hacia *Macoño* involucraba serias modificaciones a la rutina que hasta entonces llevaba Ixchel. La joven se vio obligada a someterse a los designios de Jessica, una matrona exigente y delicada, que funcionaba como una combinación de manager personal, psicóloga de ocasión y carcelera de tiempo completo. Max y Jessica le aplicaron un tratamiento de embellecimiento en uno de los salones de belleza más reputados de la ciudad. Le enseñaron el uso de los más sofisticados productos para el cuidado de la piel: extractos de hierbas, mascarillas, aplicaciones, lociones. También cremas especiales para cada una de las partes del cuerpo: desde el cutis hasta los pies pasando por los senos y los glúteos. Con la asesoría de una nutricionista y un fisioterapista, le impusieron un régimen alimenticio y una rutina de ejercicios para lo cual la llevaban a un gimnasio y le supervisaban su rutina día a día. Le contrataron un masajista que llegaba periódicamente a brindarle su servicio. Incluso, luego de haberle enseñado a lucir elegante sin dejar de ser provocativa, fueron a El Salvador por el más fino calzado y vestuario.

Hasta llegaba, dos veces por semana, el doctor Argueta, un reputado filósofo a conferenciar sobre cuestiones de gran envergadura: el erotismo, la sexualidad, las *parafilias* y el deseo. El intelectual abría el libro, se sentaba en el piso en una sala llena de cojines y, mientras lo acariciaban, les leía pasajes del *Kama Sutra, El Decamerón* de Boccaccio, *El azul del cielo* de Bataille y de Anaïs Nin. A veces, apagaba las luces para proyectarles alguna película y, mientras se entretenía en otros menesteres, el doctor Argueta les pedía que analizaran el fundamento erótico de ciertas escenas de las que les exhibía. Las muchachas le brindaban una cálida acogida, aunque con frecuencia la cosa con el filósofo se ponía dura. En particular cuando se deleitaba explayándose en las indagaciones filosóficas, empezaba a acariciar y terminaba penetrando la caverna, el mito de la caverna de Platón, como le llamaba a ese tema que causaba conmoción y agitación. La excitación que generaban esas elucubraciones, cada vez más crecidas, sobre el fundamento de la experiencia sensual los conducía a un intercambio cada vez más intenso de posiciones hasta que, por la combinación dialéctica de contrarios, la creciente fricción que suscitaba el curso y recurso de los cuerpos del argumento, alcanzaban una epifanía colectiva, una especie de clímax cognoscitivo, para luego concluir la sesión y despedirse amistosamente.

Cuando por fin *Macoño* se abrió al público selecto, se estableció un número limitado de clientes para cada chica por día y un sistema de vigilancia para controlar cada uno de los movimientos de las muchachas con el propósito de cotejar que se apegaran al menú de servicios contratado, para impedir que se dejaran arrastrar por sus impulsos o las exigencias no pagadas de los clientes. Al evitar los excesos involuntarios, el sistema reportaba sus beneficios. Ixchel era por mucho la consentida del lugar, tanto por Max y Jessica como por los clientes, a quienes deslumbraba por su belleza y sensualidad. Pronto, *Macoño* estableció y consolidó una clientela dispendiosa. Por ello, la compensaban con una paga generosa, las joyas que la adornaban, las finas telas que cubrían su deliciosa piel, el carro del año que le regalaron. Por fin, Ixchel consideraba que le daban el lugar que merecía. Nunca se pensó como una simple y llana meretriz, una inconsecuente dama de compañía, con quien el cliente saciaba un apetito y vaciaba la entraña. Ixchel buscaba más que esa recurrencia rutinaria. Era una artista del placer, una poeta del sexo, una tecnócrata del orgasmo. Pero más allá de sus consideraciones metafísicas, nunca abandonaba su aspecto puramente pragmático. Aparte del aspecto de expresión artística que implicaba, el sexo era su negocio, el dominio donde ejercía el poder. Mes a mes pasaba, en horas de la tarde, a La Cuchilla, donde su madre vendía comida. Sin falta, Ixchel le entregaba un sobre con dinero.

Cuando cumple los trece años, Mayarí empezó a estudiar la secundaria en el colegio *American School*, ubicado en Las Lomas de Vista Hermosa, uno de los colegios privados más caros del país, gracias al dinero que les enviaba Balam. Lograr que hiciera los exámenes de admisión y fuera aceptada en dicho establecimiento fue un triunfo para su madre. En el curso del último año, Ixquic se ausentó algunas tardes de su puesto de venta para averiguar cuánto costaba la colegiatura, el bono de inscripción, la cuota del bus, el uniforme y los útiles escolares; además, qué exámenes tenía que hacerse su hija para ser considerada como candidata para ingresar al colegio. Siempre hacía esos sus mandados con la mejor de sus prendas y aún así era mirada de menos: aunque su ropa estuviera limpia, no se trataban de piezas de marcas reconocidas; su piel estaba particularmente maltratada por el sol y el humo que sobrellevaba día a día y sus zapatos, aunque lustrados, eran evidentemente rústicos. Para colmo, llegaba a pie o en camioneta y no en un lujoso auto de doble tracción, como la mayoría de las madres de los alumnos. En casi todos los colegios a los que llegó a preguntar por los trámites de inscripción, discriminaron a Ixquic por su apariencia, lo cual no le molestaba mucho. Para ella, curtida ya en esos aspectos, ese era un sacrificio para que a su hija Mayarí no la fueran a discriminar en el futuro. Poco a poco, la señora cumplió con cada uno de los requisitos del colegio que más le gustó para su hija, aunque fuera en el que peor la trataran en la recepción. Pero ella sabía que tenía el dinero suficiente como para inscribir ahí a su hija y así lo haría. Mayarí, que vivía el sueño de sus padres, anhelaba graduarse del bachillerato para ayudarla a cambiar a un negocio que les diera más ingresos sin tener que trabajar tanto. Comenzó a estudiar con esmero, con dedicación, con verdadera alegría de estar en un lugar en donde encaminarse en la ruta del conocimiento. Desde el primer momento, sus compañeros la trataron con sospecha, por no decir con desprecio. Era obvio que no era de la misma condición social que ellos. Tenía un apellido demasiado común y además su piel era morena. Hasta olía distinto. "Qué se cree esta igualada", pensaron. Se burlaron de ella cuando se enteraron que vivía en una zona popular (con eso bastó y eso que ignoraban la parte de la zona popular en que en realidad vivía: en el barranco) y que estudió la primaria en una escuela pública. "¡Ah la... qué cholera!", decían sus compañeras haciendo una mueca con la nariz. "Ah la, *how inspiring and cute*: una sirvienta con inclinación de estudiar". Pero tampoco pasaban a más porque era evidente que tenía el dinero suficiente para pagar la onerosa cuota del colegio, lo cual era decir bastante.

Mayarí, sin embargo, optaba por ignorar el agudo timbre nasal de sus voces, el tono forzado con el que hablaban entre sí, los supuestos discretos insultos que le dirigían. Prefería aplicarse cada vez más a los estudios, hacer cada vez mejor sus tareas. Con el paso de las semanas, se ganó el cariño, el respeto y la compasión de los profesores, ya que la mayoría vienen de una clase social semejante a la de la compañera que tanto molestan los niños bien, sus alumnos, a quienes jamás van a regañar por su conducta discriminatoria. Los echarían del colegio por atreverse a cruzar una frontera invisible. "Qué se creen estos relamidos", dirían los padres de los alumnos. "Aborígenes. Igualados. Sólo porque dan clases aquí ya se creen que pertenecen a este círculo. No te digo pues, les tiendes la mano y se agarran el pie. No se puede con esta chusma. Pero no tiene culpa el aborigen sino quien lo hace su compadre".

Además, tres o cuatro veces por semana almorzaba con su hermano Viernes, quien estudiaba en la universidad situada a un par de cuadras de su colegio. Con Viernes compartía lo que no podía con nadie más. Siempre hablaban de los libros, de sus pensamientos, de las reflexiones que les motivaba su extraña posición social en un contexto que no les era propio. A veces, se quedaba a dormir en el apartamento de su hermano, que le quedaba más cerca del colegio, pero no siempre lo hacía para no entrometerse en su vida privada.

Cuando terminó la temporada de lluvias, cansada de que se entrara el agua por las coyunturas de las láminas que tenía por techo, que se pudrieran algunos de los cartones que hacían de pared, que el piso de la choza se volviera lodo, Ixquic decidió botar la madera podrida y apolillada y las láminas para levantar paredes y fundir techo de cemento. Algunos otros pobladores del asentamiento ya lo habían hecho, ella no sería la primera. Eso la motivaba aún más, pues no le gustaba destacar tanto, sino más bien pasar desapercibida lo más que pudiera. Para hacer realidad su propósito, sacó, de los botes de leche en donde lo tenía escondido, parte del dinero que le entregaba Ixchel y contrató a un maestro de obra que fue muy amigo del finado Viernes padre. Ixquic le contó sus planes: levantar un rectángulo de block con una ventana en cada pared y techo fundido. El albañil le dibujó un plano en un saco de cartón de cemento y le adelantó un presupuesto tentativo. Hicieron trato.

La construcción inició deshaciéndose de la letrina, ubicada entre unos maizales en el lugar más alejado del patio, sobre la pendiente que da hasta el fondo del barranco. Los albañiles levantaron un pequeño cuarto de block e instalaron un inodoro. Al ver cómo iba quedando la cosa, Ixquic se entusiasmó tanto que le habló al maestro de hacer un segundo piso, para dejar en el primero una sala, que nunca habían tenido, el comedor y la cocina y dejar en el segundo las habitaciones; en total, un rectángulo de dos niveles, porque las divisiones internas serían de madera. El maestro le dijo que sería mejor todo de block, que no le saldría tan costoso y le quedaría más bonito y hasta le adelantó un presupuesto tentativo. Ixquic se rió, aprehensiva, con un poco de angustia. Era la mayor cantidad de dinero que jamás había escuchado pero se trataba de construir su casa y por eso aceptó, con temor y entusiasmo.

"Manos a la obra", le dijo el albañil y trabajaba duro todo el día para merecer los tragos que se tomaba en la noche, para celebrar que tenía trabajo durante los próximos meses. En verdad, fue cuestión de semanas antes de que la choza se convirtiera en casa hasta con ventanas de marcos de aluminio, pero protegidas con barrotes de hierro. Pasaron días de incomodidades, al principio refundidos en una esquina del patio, mientras levantaban un pedazo de la construcción y luego se fueron cambiando de esquina mientras terminaban un lado y luego el otro de la casa.

Cuando al fin quedó terminada la casa, Ixquic no cabía de contenta. Una de las primeras noches que pasó en su casa, se sentó en un block al lado de la estufa y se quedó ahí, absorta, contemplando su obra. Desde que llegó a la capital, hace casi treinta años, que soñaba con vivir en una casa, como Dios manda. Hasta las lágrimas se le salieron. Durante el curso de los primeros días, Atanasio y sus amigos le amueblaron la casa a la viejita. En el centro de la sala colocaron un televisor gigante para que viera sus telenovelas después de fajarse durante la jornada de trabajo.

Ixquic hasta contrató a una señora del barrio para que le ayudara a cuidar al inquieto de Enrique y al pasmado de Daniel (que se pasaba el día frente al televisor) mientras la nena Mayarí se dedicaba por completo a sus estudios.

VII
Tulum

El lector, inevitablemente, se lee a sí mismo.

Roland Barthes

Viernes casi cumplió al pie de la letra la orden del doctor Pascual Reyes, de dedicarse por completo al estudio. Algo, o más bien alguien, lo distrajo, lo obligó a salir de la torre de marfil: su primer enamoramiento verdadero y el fracaso que le siguió. La muchacha le sacó el corazón e hizo que él mismo se lo comiera mientras aún palpitaba. Muchos especularon que la muerte del padre acabaría con Viernes, pero algunos no se dejaron persuadir por la melancolía que evidenció el muchacho por aquellos días. Algunos tenían la certeza de que Viernes, a pesar del golpe, se recuperaría académicamente, que regresaría a perseguir su objetivo intelectual. Tan sólo necesitaba un incentivo. El doctor Pascual Reyes se lo dio, como encargado de seleccionar a los estudiantes de intercambio que recibía la universidad.

Reyes buscó el señuelo adecuado, alguien que cumpliera con el perfil que consideró idóneo. Con base en esos criterios nunca explicitados, seleccionó a Joan, una muchacha estadounidense, estudiante de arqueología en una de esas exclusivas universidades de Boston, para que pasara un semestre en la universidad estudiando aquello que la apasionaba *in situ*. Para descargo del doctor Pascual Reyes, fue ella quien presentó su solicitud ante el comité de becas y él solamente la seleccionó porque llenaba los requisitos y cumplía un propósito (que ignoraba). No sólo era inteligente sino que también hermosa y además estaba completamente entregada al estudio de los aborígenes. Fue, como quien dice, preparar una reacción química predecible y explosiva. Por supuesto que no sucedió de inmediato, sino que los eventos siguieron su curso natural.

Joan trató de integrarse a la dinámica establecida en el seno de aquel grupo de estudiantes privilegiados en una sociedad periférica, los hijos de quienes gobernaban a los aborígenes. Eran muy similares a las personas con quienes ella estudiaba en Boston: niños de papi, acostumbrados a mandar, entregados a sus caprichos. Pero a diferencia de ellos, Joan mostraba una fuerte inclinación hacia los marginados y, entre éstos, sentía una vital curiosidad por los aborígenes, a quienes consideraba aún no corrompidos por la civilización consumista en la que ella creció y aborrecía. Odiaba los *malls*, la comida rápida y la TV. Era vegetariana, ecológica y progresista. Prefería a las pequeñas organizaciones de base que hacían una labor política concreta, tangible, real. Estaba involucrada en varias organizaciones estudiantiles para la defensa de las ballenas, los delfines, los parques nacionales, los derechos humanos en el mundo y las situaciones particulares de varios países de África y América. Realizaba varios eventos al año para recaudar fondos para las causas de las minorías: mujeres, homosexuales, lesbianas, bisexuales, grupos étnicos, refugiados políticos, emigrantes, discapacitados. En Boston, se duchaba cada tres días para conservar agua y prefería movilizarse en bicicleta o tomar largas caminatas, antes de usar vehículos que emanaban gases dañinos al ambiente.

Joan tardó unos días en percatarse de la existencia y las cualidades personales de Viernes, el aborigen más brillante que alguna vez conocería, la personificación misma del grupo humano que convertiría en su objeto de estudio. Como buena estadounidense, hizo gala de la soltura y seguridad en sí misma que aquella sociedad liberal inculca. Se le acercó después de clase, lo invitó a un café, conversaron y, esa misma tarde, sin mayor preámbulo, terminaron en la cama, en el sofá, en la mesa, en la cama una vez más.

A Viernes le tomó un parpadeo, de la noche a la mañana como dicen las abuelitas, el paso de estar de luto a estar feliz. Parecía que la vida recomenzara para él. Joan como ninguna de las otras mujeres con las que se había acostado era generosa y si algo le gustaba más en la vida que la arqueología era el sexo, el sexo desenfrenado, agotador, el sexo como una práctica intensiva, como la experiencia de un delirio pronunciado a dos voces, como el desborde mismo en donde se manifestaba la vida. En el lugar que fuera, la habitación, la sala, el sanitario de la biblioteca, un recodo en algún parque público, cogía gritando, gimiendo de una manera enloquecida, balbuceando incoherencias en su idioma materno; cogía con una disciplina atlética, con entrega total, con devoción mística. Era una perfeccionista consumada y su tarea era dar, causar, provocar y recibir placer. Le encantaba el sexo oral, practicarlo y recibir la descarga de Viernes en la boca, en el rostro, en los pechos. Le encantaba que, por medio del más delicado y puntual ejercicio del sexo oral, Viernes le causara orgasmos múltiples, que la hicieran correrse, descargarle un chorro de flujo sobre la cara.

Su defecto amatorio no estaba ahí, sino que en algo más sutil y devastador: su pretensión de superioridad inapelable. Joan era un faro establecido como ejemplo de sensualidad para las demás mujeres. Se consideraba a sí misma una mujer voluptuosa, poseída de una sexualidad exuberante y sin par que le hacía el favor a Viernes al entregarse a él, que era un amante promedio, ni deficiente ni espectacular, cuyo miembro viril tampoco era pequeño ni grande, ni escuálido ni grueso. Una vez, balbuceando mientras cogían, se lo dijo, hiriéndolo sin reparar en ello: "eres exótico, eres tan exótico, eres tan primitivo, eres un verdadero aborigen, un ser natural". "Ninguno de mis amantes fue tan selvático, tan bárbaro". "Caníbal", le decía bromeando; "devórame", le ordenaba mientras le tomaba la cabeza hasta colocarle los labios sobre su vulva, húmeda y expectante. *"My own little private cannibal"*, ronroneaba.

Viernes se enamoró salvajemente de Joan en el curso del semestre. A ella no le importaba lo que los otros chicos pensaran de ellos. Después de todo, por muy adinerados que fueran, ella algún día heredaría diez veces más que la fortuna de todos ellos juntos. No podían hacerla sentir de menos porque se estaba involucrando con un aborigen, porque se besara con ese *cholero*, se acostara con un *shumo*. "Es extranjera" decían sus compañeros, como para perdonarle algo que entre ellos era un acto sin posibilidades de redención, un pecado fundamental y determinante. Ninguno de los miembros de la elite, en lo que iba desde la conquista, se había enlazado maritalmente con ningún aborigen. Era inconcebible. Pero los extranjeros sí lo habían hecho y lo seguían haciendo. No les extrañaba que una mujer tan bella anduviera con un aborigen que, para ellos, resultaba tan feo, por lo que consideraban la pareja una suerte de representación local de la bella y la bestia.

Viernes y Joan pasaron un fin de semana romántico en la ciudad que fuera sede del gobierno colonial y que, con cierta nostalgia, llamaban Antigua. Se hospedaron incluso en un lujoso hotel que se instaló en los escombros rehabilitados de uno de los mayores conventos de la región, donde las jóvenes parejas pecaban con soltura y deleite en las que fueran recatadas celdas de monjes en penitencia. Viernes la llevó a que observara los cien altares de las iglesias que existen en dicha ciudad, de un retorcimiento barroco único en el continente. Lo que molestó a Viernes fue que Joan coqueteara con uno de los turistas que encontraron en el camino, un muchacho alto y rubio, de procedencia italiana, con quien se toparon con frecuencia.

En la clase que impartió el doctor Pascual Reyes ese semestre, Viernes aprendió a internarse con soltura y desenfado en el laberinto de espejos yuxtapuestos, cóncavos y convexos sumidos entre la penumbra que es la historia humana. Fue Reyes quien, luego de ganarse su amistad, lo encauzó al estudio de la cultura durante los imperios. Fue con el doctor Pascual Reyes con quien Viernes comentó los tomos, que Reyes mismo le prestaba, que se dedican al examen del imperio egipcio, del hitita, del mongol, del chino, del azteca y otros no menos determinantes y más contemporáneos. Fue Reyes quien después de todo publicó aquel libro sobre el Romano, compartió con Viernes la conclusión a la que arribó luego de años de estudio, la máxima que causó polémica y le brindó fama: "La decadencia del imperio es inevitable cuando se rompe la armonía en el seno de la elite gobernante, cuando se instala la traición entre pares y se permite el destello del puñal de Brutos como mecanismo regulador del relevo del grupo en el poder".

"Con actos semejantes", escribió el doctor Pascual Reyes, "se anula la única posibilidad de mantener el orden de las cosas, un acto de violencia lleva a otro y cualquier cohesión que hubiera podido conservar la circulación misma de la elite, considerando incluso la amplitud de tácticas de las cuales se valen para regular las disidencias, la hegemonía de la clase en el poder quedaba disuelta y quedaba abierta la posibilidad de la guerra civil, la insurrección y la decadencia". Con un tono en el que se mezclaba la sorpresa de la muerte y el dolor que inflige la traición, al doctor Pascual Reyes le gustaba enunciar esa línea fatal, que usó como epígrafe en su monografía, que supuestamente pronuncia Julio César antes de morir: "¡¿Et tu, Brute?!"

A Viernes le encantaba que Reyes repitiera aquella escenificación de la traición en el curso que dictaba, en la cual él era auxiliar, a los alumnos de primer ingreso. Pero más que nada, le fascinaba la figura de Maquiavelo, porque consideraba que nadie lo había logrado interpretar a cabalidad. Le fascinaba esa tercera posición implícita que Maquiavelo tomaba, desde el inicio de *El Príncipe*, cuando afirmaba que nadie conocía al pueblo mejor que el príncipe, porque lo observa desde las alturas, y que nadie conocía mejor al príncipe que el pueblo, porque lo observaban desde la llanura. Al decir esto, Maquiavelo se colocaba en una posición intermedia, mediadora, ambigua, como uno de los pocos individuos de su época capaz de cumplir la doble función interpretativa del esquema completo del poder: conocía al pueblo porque de éste surgía y conocía al príncipe puesto que laboraba a su lado. La posición exacta del informante nativo. Para comprender a cabalidad a Maquiavelo, se debía analizar en la complejidad de su función como informante nativo.

Para Viernes, la lectura conjunta de *El Príncipe* y *Discursos sobre la primera década de Tito Livio*, marcaban que la intención principal de Maquiavelo fue el establecimiento de una república que eliminara la enemistad entre nobles y plebeyos. Maquiavelo, consideraba Viernes, propone la construcción de un Estado unificado a partir de que expresaba a cabalidad la diversidad de fuerzas que lo constituyen, en el diseño de la arquitectura que institucionalice de una manera armónica las relaciones que se dan entre disímiles. Y no de una manera utópica, sino de una manera pragmática, alcanzable. Pero quienes lo analizaban de una manera incompleta, en el desempeño de una sola de las múltiples dimensiones de su trabajo, lo veían como un ser unidimensional, empeñado en alcanzar tan sólo un limitado objetivo táctico y no un individuo en la consecución de una amplia estrategia de transformaciones.

Cuando se terminó el semestre, Viernes llevó a Joan a pasar una semana en cada uno de los lagos: el Itzá, el Izabal y el Atitlán, supuestamente el más bello del mundo, viviendo una continua luna de miel, dándole rienda suelta a sus instintos, interrumpidos únicamente por el hambre o la necesidad de salir a caminar un poco, estirar las piernas, divagar. Cumplía el extraño papel de guía turístico personal y amante, una suerte de platillo local, de pasional informante nativo. Viernes comenzó a temer. Estaba desesperadamente enamorado de Joan, era como ninguna de las mujeres que había conocido y sabía que pronto se marcharía. Quiso hablarle, pero no podía. No quería ni siquiera mencionar el tema por pavor a recibir una respuesta que no soportaría. Joan tampoco le decía nada. Para ella, Viernes era una aventura, un desliz exótico y memorable, pero nada más. Tenía claro que terminaría vinculándose permanentemente con alguno de los chicos de Boston o Nueva York, cuya fortuna fuera equiparable a la de su familia, eso estaba más allá de cualquier emoción pasajera. Viernes intentó retenerla dándole las mejores cogidas de su vida, le besaba la vulva, la agarraba de una manera olímpica, con fuerza y cadencia, provocándole una cascada de orgasmos, uno detrás del otro, pero incluso eso era un esfuerzo inútil. Cuando llegó el día de hacer las maletas, por más que Viernes le lloró y le rogó, Joan, aunque también derramó lágrimas y lo acarició con una ternura inusitada, no titubeó por un instante. Al día siguiente, Joan tomó el avión que la llevaba de vuelta al mundo civilizado y punto.

Ese mismo día, sintiendo que se moría, en un vano intento de reafirmar su masculinidad, Viernes fue a buscar a Isabel, pero luego de un encuentro furtivo en el asiento trasero del auto, ella le dijo: "Preferiría no verte más. Quiero evitarme problemas con mi novio". Durante algunas semanas, Viernes vagó con descuido por las calles de la noche, se internó en distintos antros denominados de perdición pero en donde encontró el efímero alivio que brinda el alcohol o la elusiva y engañosa compañía de mujeres que dan al contado lo que otras dan a plazos. En la soledad de los días subsiguientes, Viernes reflexionó sobre la sexualidad del subalterno, indagando los condicionantes ideológicos que determinan el abrumante peso semántico de las contradicciones sobre las cuales se articuló la relación, que cifró la polémica reproductiva del grupo dominado, inclusive a nivel simbólico. Viernes se preguntó a sí mismo sobre las razones que lo llevaron a desear con tanto afán a la mujer blanca, extranjera, en vez de desear a las hembras aborígenes. Deseaba saber las razones que motivaban su alucinación por los pezones palo rosa, por el leve rubor que se esparcía por los glúteos mientras le hacía el amor, la nívea tonalidad de la entrepierna cuando se aproximaba para besársela o el placer indescriptible que sentía por recorrer la casi transparente vellosidad del vientre rubio.

Con ese propósito, indagó las crónicas de la conquista del siglo XVI en las que una y otra vez se leía cómo el conquistador blandía la espada para luego blandir su miembro. Conquistaban para luego copular con las aborígenes. Mientras que el aborigen, vencido, se tenía que resignar no sólo a cohabitar con una mujer que estuvo con el conquistador, que quizás secretamente lo anhelaba por su capacidad para brindarle protección y cobijo. Además, también se resignaba a desear a la mujer del conquistador, puesto que todo el andamiaje ideológico hacia eso lo empujaba: esa mujer que se dedicaba al cuidado de su cuerpo, de su apariencia, quien tenía la oportunidad de lucir las mejores vestimentas y sobre quien, además de todo, recaía una suerte de prohibición sagrada. En ese deseo reprimido, residía, según Viernes, la relación misma entre ideología, deseo y poder. Fue hasta entonces que comprendió la manera en que *Playboy* y la pornografía forjó su predilección por las rubias bien dotadas, las chicas que con mayor frecuencia aparecían en las páginas de dichas publicaciones, hasta convertirse de manera subliminal o directa, en el principal objeto del deseo de los aborígenes, en tanto inaccesible. Viernes recordó el célebre grabado de Galle, *Vespucci Discovering America*, en especial por la tensión que se establece entre la aborigen desnuda, que yace en una hamaca, y Vespucci, el europeo erguido. Ese grabado se presentaba como una de las primeras representaciones de la relación pornográfica entre el Viejo y el Nuevo continente, pues esa imagen, captada en *medias res*, automáticamente suscitaba otras; en ella estaban los elementos que revelaban, anticipaban el resto de la secuencia. Esa imagen condensaba la forma *pornográfica* en que se representó América ante los europeos durante el inicio de la colonización. Asimismo en varios grabados pertenecientes al siglo XVI, en su mayoría elaborados por caricaturistas europeos, se empleaba una voluptuosa aborigen desnuda para representar la tierra recién descubierta, América, cuya postura suscitaba de inmediato una doble lectura, ya sea como evocativa de la fertilidad de la tierra o para mostrarla disponible y vulnerable a los deseos europeos.

Aunque probablemente no fuera el mejor ejemplo, existía una relación inversa entre aquellos grabados y su salvaje enamoramiento con Joan, pues ambas manifestaban un mundo aborigen sensual, no racional, entregado a los placeres carnales. Al hacerlo, repetían la trillada fórmula exotismo igual erotismo que refuerza la noción de tutelaje, de que la razón, y sus agentes, que debe intervenir para salvar a esos territorios de sí mismos. La disparidad entre el Norte, industrioso, precavido, metódico, y el Sur, que es lo contrario, holgazán, viviendo al día, consumiéndose en la inmediatez. Pensó en la sesgada categorización por razas de los homínidos en el *Sistema de la naturaleza* del taxonomista Linneo en el que describe a los europeos como los únicos que se gobiernan por leyes, mientras que los hombres salvajes americanos, los africanos, los asiáticos, lo hacen, respectivamente, por las costumbres, las opiniones, los caprichos. Hegel, por no mencionar a Kant, le dedica sendos ensayos al tema, en el que no sólo se reivindica la primacía del Norte, sino que, por ende, de la raza blanca, puesto que el resto son variantes fallidas, corrupciones de ésta y, por lo tanto, deberían supeditarse a sus designios. Pero los anteriores no eran ejemplos de acoplamientos armónicos, entre pares, sino que dominaciones, subyugaciones.

Viernes pensó que su situación con Joan era algo bastante similar, sólo que al revés, a lo que sucedió en el acoplamiento de Cortés con Malintzin, o la Malinche como era conocida entre los españoles. Aunque no se ha visto ni analizado de esa forma, dicha unión entre disímiles pudo haberse inscrito como el gesto conciliador supremo entre el guerrero y la cautiva, entre la civilización y la barbarie. La alianza que establecieron rindió sus frutos marciales y nupciales pero se considera aún como una unión ilegítima. Muchas de las interpretaciones recientes ven en dicho enlace una transgresión de pureza, una traición a los grupos humanos determinantemente diferenciados y no el primer acto conciliatorio entre dos visiones de mundo opuestas y realidades concretas diferentes, el establecimiento de un punto medio entre europeos y aborígenes. La siguen llamando despectivamente Malinche y tomándola por ícono de la subyugación y entreguismo a los sanguinarios oportunistas extranjeros, venidos del otro lado del mar.

Aun cuando consideran a la Malinche como la madre simbólica de una estirpe, lo hacen para tomarla como la madre de los hijos de la chingada y no la valoran como la que albergó y parió una nueva síntesis, un nuevo comienzo, una conciliación posible. La historia del guerrero Hernán Cortés y la cautiva Malintzin se ha contado no como una gran historia de amor, sino como un relato de lujuria y poder, o de la lujuria por el poder, que sin duda lo fue pero también puede argumentarse como algo más que eso, que el amor de ambos fue presa de los prejuicios predominantes de su época, un enfoque romántico en el que el amor que se tienen es imposible de perdurar debido a las circunstancias que los rodean. El hijo de esta unión, Martín, queda sin adscripción oficial al nuevo mundo sino que queda inserto en un espacio marginal, el dominio fragmentario y ambiguo del mestizo, sin las obligaciones del aborigen convertido en súbdito-esclavo ni las relativas ventajas de los criollos ni mucho menos con los privilegios reservados a los peninsulares.

De pronto, Viernes se cuestionó hasta qué punto él se volvió en una figura parecida a la Malinche, en un informante nativo, en la medida en que desempeñó para Joan las funciones de traducir, informar y "acompañar". No sabía cómo evaluar los resultados de su gestión: si la desempeñó a favor o en detrimento de los suyos, si los había tan siquiera considerado durante su entrega pasional y egoísta a la extranjera, su rendimiento folklórico de objeto amatorio artesanal. Después de todo, el mismo proceso que "descubre" al informante nativo se apropia de él, quien no puede dejar de oponerse al proceso que lo conforma ni de aceptar que, aunque se resista, es cómplice del mismo, quedando atrapado en una paradoja que lo convierte en verdugo y víctima, aunque sin ser enteramente ninguno de los dos sino que ambos a la vez.

En *The Affective Fallacy*, Wimsatt, relaciona el papel del antropólogo con el del historiador literario, escribe: "El investigador de los Zuni o los Navajo no encontrará un informante más útil, que el poeta o aquel miembro de la tribu que conozca sus mitos", frase que se basaba en otra aportada por Malinowski en la que decía que el antropólogo debe tener al *mythmaker* (hacedor de mitos, al poeta) siempre a su lado. Sin embargo, el papel del informante nativo, de esta persona versada en los mitos de su propia gente, no siempre es feliz, como presuponen quienes no lo desempeñan, sino que está plagado de vicisitudes, desinformaciones, malos entendidos y, sobretodo, una permanente sospecha. Para Octavio Paz, el resultado de la interacción entre los conquistadores y las primeras informantes nativas fueron "los hijos de la chingada", como él les llama a los hijos del acoplamiento violento de dos mundos. Después de todo, muchos informantes nativos sólo terminaron chingados ellos mismos y chingando a los suyos. Muchos de ellos en vez de procurar un mayor entendimiento entre las dos culturas y servir de puente de comunicación entre ambas, se sirvieron del poder que los extranjeros les otorgan para salvarse a sí mismos y entregar a los suyos al poder foráneo, pero incluso este accionar político se debe considerar dentro de las interminables pugnas internas que se libraban en el imperio de los aborígenes.

A partir de esto, se puede considerar la derrota de Moctezuma como una revuelta popular que articuló el descontento de las agrupaciones humanas oprimidas, se tornó en una violenta sustitución de un modelo endógeno de dominación a otro exógeno. Un enfoque aún más agudo pero también apegado a la experiencia histórica identificaría la labor corrosiva que desempeñó una clase empobrecida contra otra, pues no fueron los vencedores de esta revuelta quienes fijaron el régimen de poder que imperaría en los nuevos territorios, sino que más bien fue la maquinaria imperial (esa conglomeración de funcionarios letrados e intermediarios comerciales estatales), en cuya cima se situaba la nobleza y el clero peninsular, la que usufructuó una vez más la labor de sus siervos. A través de sus siervos, un imperio teocrático derrotaba a otro, una sociedad sumamente vertical y jerárquica lograba incorporar a otra al nivel más bajo y ancho de su rígido esquema piramidal. La agresividad misma con la que actuaban los conquistadores puede explicarse a partir de esta inversión de la violencia: cansados de la opresión a la que los sometía la clase dominante, consideraron que uno de sus escapes posibles a esa condición permanente era oprimir a otros, otros sobre los cuales pararse para que no los machucaran tanto a ellos y elevarse del suelo al menos un nivel.

En medio de estos cuestionamientos que involucraban el erotismo y la política, la pulsión por la pasión y el poder, Viernes se lanzó con más intensidad a las tareas obligatorias y al laberinto que fue construyendo con sus propias hipótesis, ahogando ahí la melancolía y el tedio. Para curarse de la embriagante pasión con que lo contaminó Joan, Viernes se consagró al estudio, tornándose en una especie de monje célibe en una abadía secular. No quería salir, no deseaba estar con ninguna otra mujer que no fuera Joan. Le habló por teléfono varias veces en el curso de una semana. Joan se portaba amable, cariñosa inclusive, le decía que lo extrañaba, que le gustaría que conociera Boston, estar ahí con él. Pero Viernes detectaba por el tono de su voz que entre ellos no había más que afecto, ternura, nostalgia por una hermosa temporada primaveral. Viernes de pronto sentía la urgencia de dormir, de emborracharse, de olvidar. No quería saber de ninguna otra mujer y menos de alguna que fuera alta, rubia, blanca y extranjera. De un tajo súbito y expedito, se apartó, se arrancó, se aisló del mundo, recluyéndose durante el día en la biblioteca de la universidad y por las noches en su apartamento atestado de gruesos tomos y cuadernos llenos de apuntes y dibujos.

Viernes se acostaba tarde leyendo para luego levantarse de madrugaba con tal de gozar de mayor tiempo para descifrar el fruto del meticuloso registro de los eventos que se suscitaron en el ancho horizonte de la historia. Leía. Escribía. Dibujaba. Volvía a leer. Volvía a escribir. Dibujaba. Era incansable y terco. Su virtud para permanecer en quietud, frente a los folios, era impresionante. Aparte de la señora que hacía la limpieza y le cocinaba, la única que entraba y salía del apartamento era su hermana Mayarí. Fue ella quien lo ayudó a encontrar la salida de aquel problema insondable en el que Viernes se internaba: la incendiaria pasión por una mujer distante. Viernes, sin saberlo, estaba desesperado por encontrar un antídoto para el veneno que se lo comía por dentro. No quería seguir enamorado de una extranjera que tan sólo lo usó y se marchó. Mayarí lo escuchaba, con frecuencia hasta el amanecer; Viernes lloraba, con frecuencia hasta quedar dormido. Entonces, Mayarí lo cubría con una manta y a veces se iba hacia la casa de su madre, a veces se quedaba en el apartamento de su hermano. Al despertar, Viernes regresaba a sus libros, a sus cuadernos, a sus esquemas y dibujos. Al salir del colegio, Mayarí visitaba el apartamento de su hermano. Ahí pasaba la mitad de sus noches, haciéndole compañía a un hombre que se desmoronaba por dentro por lo que sentía por una mujer extranjera que no lo amaba más.

Una noche, Mayarí vio a Viernes tan dolido que decidió ofrendarle su virginidad. Mayarí estaba por cumplir quince años y sentía un ardor sexual incontenible. Mientras su hermano le hablaba de una estela cuya inscripción estaba por descifrar, Mayarí se le aproximó seductoramente y, de la nada, lo besó. Viernes sintió algo que lo cegó y lo arrastró, lo hizo estremecer y perder el control. Cuando Viernes volvió en sí, se dio cuenta que estaba besando a su hermana, que con arrebato se despojaba de su ropa. Aunque titubeó, Viernes sabía que la cópula entre hermanos fue una costumbre imperial: desde Egipto, pasando por Roma, hasta alcanzar el imperio aborigen. Mientras ambos se entregaban a los deleites del sexo oral, Viernes consideraba que no había nada malo en que dos hermanos expresaran su cercanía de esa invertida manera. Al contrario, razonaba. Ambos encontraron en el otro, la pareja que necesitaban en ese preciso momento.

En cuestión de semanas, Viernes ya ni se recordaba de Joan.

VIII
Palenque

Cuando el hombre sangra en su imposibilidad, para hacer el símbolo perdurable, crea el símbolo de la piedra cansada que sangra, un espejo que asegura la perdurabilidad de su dolor.

José Lezama Lima

Cuando concluyó el programa de estudio para la licenciatura en arqueología y, como era su potestad, Viernes solicitó recursos para elaborar su tesis y el doctor Pascual Reyes se los autorizó de inmediato. El proyecto que presentó para gestionar los fondos impresionó a todos los miembros del Consejo, confirmando que Reyes lo supo guiar y que Viernes mismo se colocaba en la senda que lo acercaba al hallazgo que esperaban de él. Su investigación académica pretendía convertirse en una aproximación teórica, de gabinete, a lo que luego sería su labor profesional, la que emprendería al graduarse, cuando tuviera el tiempo del mundo para internarse en una exhaustiva exploración de campo. Pero antes de desplazarse hacia las zonas montañosas y selváticas de la región, bajo el sol o la lluvia, emprendiendo expediciones de meses enteros por territorios aislados de la civilización, quería conocer con precisión todo lo que se había escrito de lo que encontraría en el terreno. Buscaba trazar, con el mayor detalle posible, el saber arqueológico, en su sentido epistemológico global, de la región aborigen.

Para cumplir con la fase de investigación documental de su tesis *La reconstrucción del dominio geográfico y simbólico del imperio aborigen en Mesoamérica* prácticamente se mudó a la biblioteca de la universidad y, luego, al Archivo General de Centroamérica. Mientras estudiaba los documentos, parecía indiferente ante el paso de las horas. Se le veía solitario en las mesas de lectura, en donde se armaba, involuntariamente, una pequeña fortaleza con las crónicas, las anchos tomos de historia cultural, los mapas, los libros normales, que consultaba, que hojeaba constantemente para cotejar datos o que necesitaba leer completos. Dos o tres veces por mes visitaba los museos de historia y etnografía, en donde habían vasijas, esculturas, artículos de trabajo, estelas y reproducciones a escala de lo que se pensaban fueron algunos de los centros ceremoniales durante su apogeo. Pasaba horas frente a las exhibiciones, absorto en la contemplación de detalles que quizás eran insignificantes, aislado por completo del trajín cotidiano del mundo.

En todo aquel material bibliográfico que provenía de la antropología, la arqueología, la botánica, la geología, la historia, la literatura, las relaciones de viajeros europeos y estadounidenses y la religión, Viernes perseguía la figura completa que surgía de la ubicación geográfica de las principales ciudades aborígenes en el momento histórico en que surgieron, se desarrollaron, alcanzaron su apogeo y luego declinaron. Buscaba establecer la silenciosa trama de relaciones que las vinculaban entre sí, durante cada una de sus etapas, y el tipo de comunicación que establecieron con las formaciones socio-políticas aledañas, fronterizas o lejanas, fueran aliadas, neutrales o enemigas. Pretendía precisar las rutas del comercio, los desplazamientos de las campañas de guerra, los caminos de peregrinación sagrada y los derroteros cotidianos de desplazamiento dentro de lo que se denominaría mapa semántico del imaginario colectivo de la época aborigen. Anhelaba determinar la naturaleza y dinámica de la relación establecida entre comerciantes, guerreros y sacerdotes para gobernar a la plebe. Deseaba encontrar el significado que vinculaba las cuatro formas arquitectónicas básicas: el templo, la pirámide, el acueducto y el juego de pelota. Quería encontrar la figura completa que trazaba el imperio aborigen, en su dispersión generativa, la gestación de los múltiples procesos que expresaron de una manera unificada lo heterogéneo que la componía originalmente, la consolidación y reproducción del modelo político hasta su inevitable agotamiento y declive.

La tesis se basó en una exhaustiva investigación bibliográfica, le llevó dos años, le valió el premio Gálvez y la distinción *Summa Cum Laude*. También recibió ofertas de publicación y traducción al inglés y alemán, que rechazó puesto que el contrato con *Global Museum* le prohibía difundir, más allá del trámite estrictamente académico requeridos por la universidad para graduarse, los hallazgos que realizara durante la tesis. Las dos copias que, siguiendo la normativa, entregó a la biblioteca de la universidad fueron los únicos ejemplares que se hicieron públicos. Como sucedía con algunos de los materiales de la biblioteca, se prohibió que las copias de la tesis circularan fuera de la sala de lectura de la biblioteca y se prohibió su reproducción por cualquier medio electrónico, foto-óptico o mecánico. Por la fama que cobró Viernes como estudiante y las restricciones que impusieron en la consulta de las tesis, durante algunos meses, las copias fueron consultadas con curiosidad y asombro por los catedráticos y estudiantes de la universidad y por algunos profesores extranjeros y otros universitarios de la ciudad. Sin embargo, después del receso de finales de año, las copias simplemente desaparecieron. Se rumoró que la autoridades tomaron la decisión de sustraerlas. Se especuló que algún estudiante las robó por envidia o lucro.

Pero aparte de la breve celebridad que le confirió la tesis, Viernes recibió varias ofertas de universidades extranjeras para que realizara en ellas sus estudios de posgrado, incluyendo el ofrecimiento de financiar sus futuros proyectos de investigación. Aunque el doctor Pascual Reyes le indicó que estaría bien aceptar alguna de las propuestas para ampliar sus estudios en el extranjero, siempre y cuando la consultara con él, Viernes mismo las desdeñó, pues consideraba que no lo ayudaban a develar el silencio que perseguía, sino que más bien, temía que buscaran alejarlo de las fuentes, del territorio mismo en donde se ocultaba el enigma. También rehusó el ofrecimiento que le hiciera el doctor Reyes de financiar su trabajo de gabinete en los Archivos de Indias en España, el General de la Nación en México y en la biblioteca Benson de la Universidad de Texas en Austin. Viernes, sin embargo, estaba ansioso por emprender el trabajo de campo y no quería que nada lo distrajera ni lo desviara. La tesis para él no fue más que un largo preámbulo para lo importante que estaba por venir: conocer materialmente lo que estudió de una forma teórica durante los últimos años.

Cuando concluyó la ceremonia de graduación, el doctor Pascual Reyes le recordó que una parte de su investigación quedaba pendiente. "Bien, si quieres cumplir con la parte de campo de la investigación cuentas, como hasta ahora, con todo nuestro apoyo", le reiteró Reyes. "Total, es la parte más divertida y desafiante. Confío que lo harás con la entrega y pasión que has demostrado hasta ahora. No esperamos otra cosa de vos".

Los labios del doctor Pascual Reyes dibujaron entonces una sonrisa torva que Viernes, a pesar de ser para entonces un experto en la lectura de jeroglíficos, no alcanzó a advertir. Quizás lo hizo pero permaneció inmutable porque no logró descifrarla o porque la descifró a cabalidad.

IX
Global Museum

*Every person is like an exotic book, and if
you go to the trouble of reading it you will
learn about things you had never imagined.*
William T. Vollman

Lo que dijo el doctor Pascual Reyes no fue todo lo
que hubiera querido decir. Me lo confesó él mismo,
algunos meses después. Una cosa siguió a la otra,
como ustedes saben. Durante años Viernes recorrió
las selvas hasta agotar las cruces marcadas en el
mapa que elaboró para su tesis de licenciatura.
Aunque era algo que siempre deseó, ahora lo hacía
para cumplir con el ominoso contrato que firmó
con *Global Museum*, la anónima corporación multinacional que opera en todo el continente con un
propósito desconocido, compuesta por capitales
procedentes de varias partes del mundo y una junta
directiva que aglutina a especialistas de varias ra-
mas humanistas, originarios de diversas culturas
del planeta. Viernes se comprometió a laborar en
las tareas que GM le asignara, sin posibilidad de
deliberar sobre su conveniencia o viabilidad. Tenía
que obedecer, punto. Seguir el programa trazado
para él, con eficiencia y eficacia.

Cuando lo conocí, en aquella incursión que emprendió motivado por la secreta añoranza de alcanzar el jardín de la eterna primavera, Viernes aún era un náufrago voluntario en su propia isla. En Viernes resaltaba un espíritu singular, un alma indómita, la irradiación de una deslumbrante belleza interna, una marca intangible que de inmediato lo apartaba de los demás aborígenes que conocí en aquellos años. No obstante, considero que ahora entiendo a Viernes de una manera distinta a como lo hice entonces. Estábamos en Uxmal, la antigua ciudad sagrada. Lo recuerdo, bajo la primera luz de la mañana, en silencio, dibujando la escultura de Itzamná, creador de la agricultura, la medicina y la escritura, ubicada frente a la pirámide del Adivino: una superposición de templos elíptica, irregular, que según la leyenda fue construida en una sola noche con la ayuda de los dioses. En aquel momento inaugural, entre él y yo se reproducían involuntariamente los encuentros previos entre dos seres procedentes de culturas distintas. Entonces, al verlo pensé que se trataba de un aborigen mudo, a quien le arrancaron la lengua, que nunca después recuperó la facultad del habla pero que alcanzó a entender el vocabulario básico, un surtido mínimo de órdenes para servir a sus amos; un ser misterioso que aplacaba el tormento de la mutilación instalada en su memoria al emprender una reiterativa y sosegada danza o al ejecutar una tediosa melodía en un primitivo instrumento musical; un cautivo de alguien que trata de darle una voz pero que tan sólo termina hablando por él creyendo que lo comprende sin jamás lograrlo.

La primera impresión que Viernes me causó en aquella ciudadela precolombina ubicada en medio de la selva, no fue la de un aborigen primitivo y feroz, capaz únicamente del *pensée sauvage*, sino la de un individuo ensimismado y complejo, sumergido en un persistente estado de negación. Sin embargo, al observarlo frente a aquella edificación antigua, los vestigios que ahora documentan, según Walter Benjamin, tanto el rastro de la civilización como el de la barbarie, me pareció más bien que ese alejamiento no se trataba de la negación, sino más bien de un hondo y extraño temperamento reflexivo. O quizás deba apuntar de un estado de suspensión, de sano escepticismo, del distanciamiento irónico que recomendaba Sócrates como la postura filosófica por excelencia. A pesar de que reconocí en él un aura mística de la cual estoy desprovisto, me inquietaba saber si Viernes en efecto era capaz de proferir fonemas que expresaran un sentido inteligible.

"¿Puede hablar el aborigen?", me pregunté a mí mismo, mientras me aproximaba a él, maravillado ante el tono cobrizo de su piel, la inocencia de su semblante y su resplandeciente belleza natural. Fueron instantes de silencio interno, segundos que transcurrieron sin proponerme articular respuesta, antes de considerar que de hecho él ya me había hablado con anterioridad, con una voz melodiosa, no desprovista de cierta textura melancólica. "Doctor Tormes", me dijo antes de esbozar una cálida sonrisa. "Es un gusto encontrarte por fin", le respondí estrechando con firmeza su mano manchada de tinta. Ignoro si pudo o no percibir la emoción que sentía por encontrarme con un nativo noble e ilustrado.

Antes que conformarme con percibir a los aborígenes en los reflejos distorsionados de los mitos occidentales que hemos proyectado sobre ellos durante la historia, yo mismo debía emprender la indagación que Viernes llevaba a cabo como arqueólogo, no interesado en ésta como la disciplina dedicada a monumentos silenciosos, a las huellas pétreas de las grandezas de antaño, sino que en la recuperación del lenguaje (soterrado, oculto) que los conformó, en la posibilidad de descubrir el dominio de instituciones, procesos económicos y relaciones sociales sobre las que se articularon las vidas humanas, con sus particulares subjetividades, que las conformaron. Viernes se esforzaba, como ningún otro, en comprender la visión del universo oculta en aquellos vestigios, en aquella escritura jeroglífica que aún no hemos descifrado por completo, de lo que fue alguna vez el orden de la vida cotidiana de una de las civilizaciones más asombrosas de la historia humana.

Viernes buscaba organizar una expedición del saber que nos llevara de la ignorancia a la revelación, de la intuición a la epifanía, en torno a las siguientes interrogantes: ¿Qué nos quieren decir, qué nos están diciendo, los aborígenes que elaboraron estos objetos, estos documentos cuyo lenguaje ha quedado reducido al mutismo? ¿Desde dónde fueron articulados estos poemas de piedra? ¿Quiénes eran los pretendidos receptores de este mensaje que no logramos descifrar, pero cuyo rastro ha llegado, a través de la extensa y convulsa marea de la historia, hasta nosotros? ¿Con qué propósito fue empleado el sentido de estos objetos, de estos signos pétreos? ¿Quién se benefició de este mensaje *litográfico*? Acaso Viernes tenía las pistas que nos condujeran al hallazgo que, con desesperación científica, anhelábamos.

A diferencia de quienes hemos nacido en el mundo artificial de una sociedad civilizada, en donde todo nuestro entorno ha sido configurado por hombres empleando una serie de ordenamientos, planes, modelos, esquemas, métodos racionales, Viernes era un hombre aborigen, cuya relación con la naturaleza era directa, armoniosa, espontánea y libre. Sin menoscabo de lo anterior, Viernes también poseía un pie dentro de la cultura occidental, pues conocía la textura íntima de los artificios epistemológicos que se desarrollan en la academia. Por así decirlo, tenía el privilegio de vivir en la ubicuidad de los dos mundos, en el pliegue en donde se traslapa la cultura aborigen, que le pertenecía por nacimiento, y la occidental, que había adquirido por formación.

"Viernes"... Es curioso que sigamos llamándolo así, aún cuando sabemos que esa palabra de tres sílabas y siete letras del alfabeto grecolatino con la que se denomina el sexto día de la semana, el dedicado a la diosa de la belleza y el amor en la mitología romana, no era su nombre sino que tan sólo funcionaba en el precario entendimiento que entablamos con él como un apelativo, como la designación pasajera de nuestra relación, como una suerte de apodo colocado por nosotros mismos ante la imposibilidad de pronunciar aquellos vocablos guturales con que lo llamaron los suyos desde el día de su nacimiento. Viernes más que un nombre era un signo que expresaba nuestra imposibilidad de hablar con propiedad su idioma original, una convención impuesta para hacer posible nuestro dominio, un práctica típica de los colonizadores cuando se refieren a los habitantes de los territorios a quienes han subyugado. Alguna vez manifestamos, del diente al labio, la voluntad de aprender su idioma, pero él no quiso enseñarnos y esquivó nuestra propuesta con una sonrisa. "Mi nombre lo conocen los míos", nos dijo con nostalgia. "Prefiero que se quede así, como un secreto entre quienes nacimos en la selva. Viernes está bien para ustedes que no son de la comunidad, úsenlo si así se sienten cómodos, si a ustedes algo les dice", expresó antes de refugiarse de nuevo en ese silencio que lo aislaba de nuestro insignificante parloteo.

Uno de los juegos del lenguaje que suscitó el hallazgo del Nuevo Mundo, pletórico en interpretaciones fallidas y confusiones nominativas, aconteció con los caribes, *caniba* o *canima* como registró Colón acerca de aquellos feroces aborígenes que poblaban las antillas, pensando que se trataba de súbditos del Gran Khan de China. Ese error, empero, engendró al caníbal, como figura mítica en el imaginario de un Occidente que se desbordaba por el mundo. Dicha palabra representa al salvaje despiadado que devora a su víctima. Sin embargo, podría decirse que el caníbal significaba un miedo primario provocado por la culpa reprimida y silenciada sobre los propios actos, proyectada por los europeos en los otros. Con un anagrama de esa palabra, Shakespeare nombra como *Caliban* al sirviente monstruoso en *The Tempest* y, sin saberlo, establece el campo semántico en donde se librara un crudo debate acerca del papel de los aborígenes en las sociedades que buscaban despojarse del bárbaro yugo que la civilización les impuso. Con la distancia que brinda el paso de los años es difícil dimensionar lo que significó la fuerza expansiva con la que Occidente arrasó América, estableciendo una cultura híbrida, surgida del choque contra las múltiples manifestaciones sociales aborígenes.

Desde mi primer encuentro con el aborigen que llamamos Viernes, al atardecer de un día lluvioso en un lugar de Mesoamérica no sólo remoto sino que también decadente y por lo tanto melancólico, me percaté de que se trataba de un individuo aislado que quería descifrar la complejidad del sentido del devenir histórico. Sin embargo, antes de encasillarlo en dicha definición, recordé la advertencia que alguna vez esbozara el reputado humanista Eduardo Torres acerca del problema que representa la relación del etnógrafo y los aborígenes. Torres relataba la enseñanza que resultara de su observación de la ceremonia del palo volador y el fallido intento de entrevista que quiso efectuar con los danzarines. La ceremonia del palo volador consiste en que cuatro aborígenes, vestidos con unos trajes de colores encendidos, cubiertos de espejos y flecos, cuyo rostro vela una máscara con rasgos animales y fragmentos de espejo, trepan un palo alto, con una hélice en la punta, que ha sido erguido en el centro de la plaza. En el fondo, mientras cada uno de los danzarines trepan el palo ceremonial, un grupo de músicos ejecutan una tonada melancólica, con arcaicos instrumentos de viento y percusión. Luego, al estar en la cima, cada cual se anuda una cuerda, que está atada a la hélice, al pie derecho. En un momento dado, se lanzan, al unísono, al vacío y comienzan a girar en torno al palo volador, con movimientos cada vez más veloces y alejados del mismo, hasta que regresan a tierra. Como relata en el extenso reporte sobre dicha práctica, fue entonces que Torres se les aproximó para interrogarlos sobre su experiencia. Sin embargo, como el vestuario y las máscaras de los danzarines estaban cubiertos de espejos, cuando Torres se les acercó: "Tan sólo me vi a mí mismo, distorsionado y fragmentado, en los múltiples reflejos".

En la medida en que se desarrollaba nuestra conversación en el interior de una choza que poseía un añejo olor a leña quemada, a orillas de un fuego que rara vez se apagaba, me fui dando cuenta de que a lo largo de los años, por medio del trato frecuente con individuos que llegaban navegando, es un decir, desde regiones distintas a la suya, Viernes había logrado llegar a dominar el primitivo impulso de apropiarse del conocimiento ajeno crudo y de un solo bocado. Ese dilatado aprendizaje lo convirtió en una suerte de antropófago filosófico, digamos, dispuesto a emprender una devoración simbólica con fines civilizadores sobre el tema que le concernía: las precarias condiciones de existencia de los aborígenes, luego del baño de sangre que significó la conquista, el sadismo de la colonia y el intento de digestión nacionalista. Acaso, la principal preocupación intelectual de Viernes, era la forma, desde una perspectiva aborigen, de enfrentar y resolver el problema aborigen o, si prefieren, la cuestión aborigen, el tema aborigen, el asunto aborigen.

La relación que entablamos Viernes y yo, Láza-
ro Tormes, tuvo un efecto desconcertante en la
apacible vida que llevaba como un simple profesor
de etnografía, en pos de un nuevo tema de investigación. Mi primera publicación se basó en las pes-
quisas que llevé a cabo para mi disertación docto-
ral, un extenso y, por cierto, aburrido tratado sobre
las costumbres sexuales contemporáneas, en la que
quise proponer el campo del erotologismo como
el nuevo discurso hegemónico. Aunque no tengo
el menor deseo de colocarme en el primer plano
de esta relación, en la que he servido como testigo
del crecimiento y destino de un poeta del conocimiento, un académico brillante a pesar de sí mismo,
con quien tuve la fortuna de compartir algunos momentos cuando decidía salir de su rutinario aislamiento. Llegué a conocerme mejor, como mestizo
descendiente de mestizos clasemediero guanabí
que soy a partir de la amistad que surgió entre nosotros. Reconozco las sangres en conflicto en mí,
la forma en que represento la síntesis de culturas y
linajes que se ha dado en el Nuevo Mundo: un
mestizaje polisémico, en múltiples niveles de sentido. Ignoro si soy la *summa* de todas las culturas y
procedencias, o si soy más bien los rescoldos, una
amalgama de sobras.

Fue Viernes, en ocasiones, una suerte de reflejo
de mí mismo, una especie de máscara o la pantalla
en donde quise contemplar proyectado un anhelo
interior de pureza, entrega y creatividad, un deseo
de experimentar lo natural primigenio, la pulsión
de inocencia que mueve al mundo occidental a co-
rromper al resto de culturas del mundo. La interpretación establecida da cuenta de cómo lo occidental

ha devorado a las diversas manifestaciones culturales a su paso, con el propósito de imponer un orden, pero también es indudable que al hacerlo ha ampliado y modificado su campo de significación. Lo devorado no sólo nutre, sino que en ocasiones también carcome al organismo que lo engulle. Por eso mismo, creo que se debe repensar la pregunta de Chilam Balam, "¿quién entró en la historia de quién?", agregando: "¿de qué forma se modificó la historia de cada quien a partir de ese encuentro fortuito, de ese accidente?"

Esas interrogantes brotan y fluyen dentro de mí cada vez que contemplo el maravilloso legado de los aborígenes. Las pinturas ocres, los minuciosos tallados en piedras, las majestuosas pirámides, el cálculo preciso del tiempo, su conexión con la naturaleza, su compleja cosmogonía. Por esas dudas, Viernes se entregó al estudio silencioso del mensaje oculto en la escritura que dejaron los aborígenes en códices y en piedras, del significado apropiado de sus centros ceremoniales trazados a semejanza del orden del universo. En la búsqueda por una explicación de toda aquella historia sangrienta, Viernes fundió la rigurosidad académica con un fanatismo religioso para formular una explicación detallada del origen de la pobreza actual de los aborígenes, una arqueología del auge y la decadencia del imperio, del imperio de los suyos, su propio imperio, el que debió heredar si los eventos históricos hubiesen sido diferentes.

Pensarlo, me eriza la piel. Si los sucesos hubiesen ocurrido de una manera distinta, en vez de estar frente a un simple arqueólogo, Viernes acaso sería hoy el supremo gobernante del imperio de los aborígenes y no el simple informante nativo al servicio de una corporación transnacional.

No obstante, Viernes estaba al mando de un grupo de exploradores e investigadores, que se encargaban de documentar los hallazgos, las excavaciones y el traslado (para su posterior estudio) hacia Estados Unidos, de los vestigios arqueológicos que encontraban en los sitios identificados, explorados (algunos expoliados) o por descubrir. Además de los instrumentos propios de los arqueólogos y exploradores, algunos portaban armas de fuego para defenderse de los saqueadores y los mercenarios que recorrían la región con fines comerciales y de los guerrilleros, asaltantes y narcotraficantes que comenzaban a asomarse por aquellos lejanos y despoblados territorios selváticos.

La decisión que Viernes tomó no fue fácil. Preferiría que aquellos tesoros culturales permanecieran en su país, a cargo de organismos estatales, organizaciones no gubernamentales, universidades, museos o algo similar, pero de esta manera su conservación no se garantizaba. Al contrario, dejar las piezas arqueológicas en sus sitios originarios era abandonarlas a su suerte, a merced de los coleccionistas privados, los ladrones y el deterioro natural. Tal suerte corría el valioso legado del imperio aborigen. A Viernes le dolía esa situación, pero no veía remedio alguno en el país. Puesto a escoger entre dos opciones difíciles, optó por ser parte de un equipo riguroso y sistemático, aunque extranjero, que las llevara a un lugar seguro para estudiarlas con detenimiento y, luego, en un futuro incierto, exponerlas en un lugar acondicionado y seguro (un museo fijo o como exposición itinerante por varios museos del mundo) para beneficio de la humanidad. Prefería eso a abandonar ese valioso material histórico-cultural-simbólico entre los matorrales, expuesto a que un saqueador cualquiera lo descubriera y lo extrajera de su ubicación dentro de la posible red de conocimiento en la que debía situarse para la reconstrucción precisa del dominio exacto del imperio aborigen, pieza para conformar el mapa que contribuiría a recrear el escenario político-social en que se desarrolló la grandeza de sus ancestros.

Por lo general, los hallazgos eran piezas de obsidiana y jade (máscaras, collares, cuchillos, joyas e instrumental religioso), esqueletos, vasijas de barro cocido, esculturas en piedra y estelas de distintos tamaños. Las piezas, tras someterse a un minucioso proceso de categorización y documentación, se enviaban a unas bodegas ubicadas en poblados situados en los márgenes de la selva, desde donde se remitían a Cancún, el centro regional de operaciones. De ahí, eran embarcados hacia la ciudad de Nueva York, que fue escogida por su dimensión multinacional, cosmopolita, como habitáculo de los ciudadanos del mundo.

En las afueras de aquella ciudad, *Global Museum* disponía de decenas de bodegas con aire acondicionado, para almacenar en distintos ambientes la reproducción de las construcciones en donde se hallaban las piezas que varios equipos diseminados por el planeta, a semejanza del equipo de Viernes, remitían. De tal forma que, por ejemplo, dentro de la bodega C4 no sólo se recrearon las pirámides de Uxmal, por decir algo, sino que además se colocaron las piezas en la misma posición en que fueron encontradas, de tal manera que se conformaba una especie de museo o parque de diversiones gigantesco que permanecía cerrado al público, desierto, aislado en medio de hectáreas sembradas de trigo, reservadas para su posterior uso, estudio, exhibición.

Viernes, de cuando en cuando, viajaba a Estados Unidos para supervisar la ejecución de esa parte del proyecto. Estaba obsesionado con que se cumpliera a cabalidad con la minuciosa reconstrucción arqueológica. Su exigencia y compulsión no nos era ajena; después de todo, somos los más interesados que todo se reproduzca en estricto apego al original.

Viernes, sin embargo, le gritaba al personal operativo, con una insistencia patológica, que no debían cometer el menor equívoco en la rigurosa recreación, pues si se fallaba un detalle, se escaparía algún indicio fundamental. Viernes preparaba la fase subsiguiente del proyecto en la que se interpretaría los encuentros aislados que realizaron para conformar la significación completa del sistema descubierto. Cualquier fragmento es crucial para descubrir la verdadera trama de la desaparición del imperio aborigen, esto todos lo sabemos.

Pero no todo sucede como se anticipa. Sospechaba que algo estaba por suceder, que no nos podía salir todo a pedir de boca, sin una imperfección, sin un retraso, sin mácula ni error.

Balam dejó de enviar dinero desde el Norte. Ahora lo hacía desde el lugar en donde estuviera, pues pasaba la mayoría del tiempo viajando desde que se ganó la confianza del jefe de Polanco, un tal

General Ortiz. Estaba en constante movimiento, supervisando la eficiencia con que debía desempeñarse cada uno de los otros puntos de la enorme red que conformaba el comercio de estupefacientes a nivel continental. Se trataba de una labor difusa en decenas de otras empresas, cuyo engarce lo proporcionaban un puñado de personas de confianza que conocían del esquema general, pero en principio invisible, bajo el cual funciona la maquinaria completa: desde la producción, pasando por el traslado y la distribución, hasta llegar a los esquemas de inversión de las ganancias en los negocios más insospechados. Por eso mismo, Balam viajaba incesantemente desde Sinaloa a Colombia, entre Ecuador y Venezuela, de Panamá a Miami, desde Nicaragua a Honduras, entre Guatemala y la República Dominicana, a Cuba, a Puerto Rico, de Monterrey a Dallas.

Aunque ha pasado por la ciudad donde vive su madre, Balam no la ha visitado. Lo vigilan, desde las bandas enemigas hasta la DEA y no ha querido exponer a su familia, menos cuando no han dado aún con su verdadera identidad. Creían que Balam era un apodo y que era mexicano de nacimiento. "Para qué desmentirlo, que crean lo que quieran". No obstante el riesgo que representaba, pues era la única pista constante, Balam cumplía religiosamente con enviarle dinero a su madre, por medio de los más variados mecanismos. Después de todo, soñaba con regresar algún día a su tierra, a la casa de su madre y sus hermanos.

La fotografía de Ixchel ha circulado por el mundo. Su deslumbrante juventud y la provocativa sonrisa de inocencia fingida aparecen en varios catálogos de turismo sexual y en frecuentadas páginas de la red electrónica mundial. Ella es, según lo que reza la publicidad de *Macoño*, la *escort-girl* más codiciada de Centroamérica. Simbólicamente, representa el papel exótico adjudicado a su lugar de origen, el trópico instintivo y sensual, conocedora de los mitos amatorios de los aborígenes, los ancestrales misterios de la alcoba que han pasado de generación en generación. De nuevo, ante los ojos de los extranjeros, se presenta una mujer que se muestra disponible y vulnerable ante los deseos eróticos de los turistas.

Los asiáticos, de distinta procedencia, abarrotan la agenda de citas que maneja Maximiliano. Le siguen los centroeuropeos y los estadounidenses. Ocasionalmente algún gerente de empresa local o algún funcionario de gobierno se deleita con ese manjar de exportación; ningún otro tiene la posibilidad de pagar su precio. Aunque al principio no le gustaba trabajar con los asiáticos, Ixchel llega a disfrutarlo; ellos son los que más gustosamente complacen cada uno de sus excéntricos caprichos. Los demás también la llevan a cenar a lugares lujosos, le compran joyas y vestidos de diseñador pero no derrochan ni su dinero ni sus caricias como lo hacen los asiáticos. Con algunos de ellos, ha pasado semanas enteras en las playas cercanas, como Cancún, Huatulco, Miami o Varadero. Pero aún cuando Ixchel se ha acostumbrado a ver el amanecer a través de los vidrios de los penthouse de los más lujosos hoteles, pasa por La Cuchilla cada fin de mes a dejarle un sobre con dinero a su madre.

Imitando a Atanasio, el cabecilla de la pandilla que domina el más extenso territorio de la ciudad,

Enrique pide su ingreso. Los "Kanibal" lo someten a las pruebas acostumbradas, obedeciendo la ley que los cohesiona: "el respeto se gana, no se hereda". Quique muestra las habilidades de los hermanos que lo antecedieron: ágil, rápido, agresivo, temerario. Una virtud le hace falta para ser un marero completo: la fortuna. Muere de tres balazos asaltando un banco. Ixquic llora la muerte de su hijo.

Atanasio, enfurecido, descarga la más grotesca venganza en contra de los asesinos de su hermanito. En los días siguientes, partes de los agentes de seguridad que custodiaban el banco aparecen diseminadas en las cercanías del establecimiento, que de todas formas saquean.

Mayarí se gradúa con honores del *American School* y califica para entrar a estudiar en la universidad de la que se graduó su hermano Viernes. Cada día siente más vergüenza de vivir en un barranco y el simple apellido de su padre. A la primera oportunidad que tenga le propondrá a su madre que se vayan a vivir a otra parte, a un apartamento como el de su hermano Viernes o a un residencial en una zona más prestigiosa.

Ixquic vende comida y periódicos en La Cuchilla, en el puesto de siempre. Todas las mañanas y noches acarrea sus bártulos desde y hacia el asentamiento, resguardada por Atanasio y sus *hommies*. Para evitar el insomnio, Ixquic mira la televisión hasta dormirse. Entonces, Daniel la cubre con una colcha y sigue viendo la TV desde su esquina del sofá. Afuera, el mundo sigue su rumbo, como si nada.

X
Cancuén

*Self-knowledge is painful and we prefer the
pleasures of illusion.*

Aldous Huxley

En una de las excursiones rutinarias hacia el remoto
núcleo de una zona protegida, Anselmo, un viejo
guía que Viernes contrataba esporádicamente, los
llevó hasta donde la selva deja de tener caminos.
El viejo Anselmo estaba frustrado y resentido. Alegaba que el espíritu del jaguar le habló: que era
incorrecto extraer los tesoros milenarios de la selva
para trasladarlos a un país lejano. En dicho acto
residía una temible maldición de la cual él no quería tener parte. "Tú eres de estos rumbos", le decía
a Viernes, con los ojos inyectados de alcohol y
resentimiento. "Esto no es correcto. No es la voluntad de los dioses. Que los dioses de tu padre tengan
misericordia de ti". Viernes lo escuchaba, temía sus
advertencias, pero continuaba su labor. Anselmo
se enfurecía, lo maldecía, pero seguía sirviéndoles
de guía. Aparte de estar en comunicación con los
espíritus y las voces de los muertos, Anselmo era
alcohólico y drogadicto.

En un calculado acto de desesperación para
sanar la culpa que crecía dentro de sí, en una suerte

de homicidio implícito, Anselmo se propuso abandonarlos en las profundidades de la selva, en medio de ese laberinto cuyos muros son la niebla, la vegetación y los cerros que cada centenar de pasos repiten vertiginosamente el escenario. Anselmo rompió la calma del atardecer al pegarle un machetazo al teléfono móvil de Viernes y emprender la fuga. Algunos quisieron culparlo de intentar asesinar a Viernes, pero él no quiso adjudicarle una intención tan perversa. Se trataba únicamente de abandonarlos a su suerte, a merced del jaguar, un antiguo rito aborigen con aquellos que se desvían del camino.

El reporte indicó que uno de los exploradores corrió tras Anselmo. En la oscurana, ambos desaparecieron del otro lado de uno de los cerros. A los segundos, un disparo sacudió el ramalaje de los caobos. En el silencio que le siguió, los demás se dieron a la tarea de enterrar al viejo guía mientras Viernes, llorando, trataba de encontrar en el mapa que llevaba en el bolsillo referencias del lugar en donde estaban.

El reporte narra los días que pasan bajo los torrenciales aguaceros, atravesando ríos (o el mismo río una y otra vez), cazando saraguates, durmiendo a la intemperie, acosados por el terror de las ponzoñosas nauyacas y los jaguares que creían a punto de saltar desde alturas insospechadas. Estaban cubiertos de picaduras de diversos bichos; algunos incubaban bajo la piel una larva conocida como colmoyote mientras que otros evidenciaban los primeros síntomas de la lepra de montaña o el dengue. Cruzando pantanos perdieron los zapatos; sus pies estaban plagados de callos y cortadas, algunas de las cuales expelían un olor fétido por haberse infectado. A la semana abandonaron bajo un escobo a tres de los exploradores sacudiéndose en espasmos irregulares. Fueron las primeras víctimas de la fiebre amarilla.

Cuando Viernes se tiende en el suelo para intentar dormir no logra conciliar el sueño, sino que persiste en un estado de alucinación. Se pone a conversar largamente con su hermano Balam, quien le cuenta lo mucho que ha sobresalido como guerrero en un oficio rudo y peligroso. Platica con Ixchel sobre lo hermosa y codiciada que es, como toda una emperatriz. Escucha las mil historias de Atanasio, a quien ve con orgullo y envidia; más que un guerrero, se ha convertido en el emperador de un reino invisible que ocupa una buena parte de la ciudad. Conversa con el espíritu de sus hermanos fallecidos Pedro y Enrique. Acaricia a Mayarí. Con Daniel y su madre tan sólo se observan, sin intercambiar palabras. Con su padre se abrazan y lloran de felicidad, de tristeza. Varias veces Viernes se ve a sí mismo capturado por tribus enemigas. Lo llevan amarrado de manos, desnudo. Lo flagelan. Al llegar al centro ceremonial lo bañan y luego lo hacen escalar el templo. En la cima, lo tienden en el altar con la vista hacia el firmamento y le atan las extremidades. El sacerdote oficia el rito milenario y lo ofrenda a los dioses. Viernes observa la forma en que el sacerdote le extrae el corazón y, palpitante, lo devora. Al cabo de algunos minutos, lo desatan, le permiten que descienda la pirámide y ande por el mundo como cuerpo desprovisto de corazón. El rito le ha arrancado la emoción que alguna vez lo impulsó. Viernes llora en silencio.

No sabe cómo explicarse a cabalidad qué es lo que pretende en su función de informante nativo. Experimenta dolor, frustración, alegría. Prefiere levantarse y caminar, perseverar en la búsqueda de una salida de la selva, ese complejo laberinto natural.

El reporte indica que el último día de la luna llena, entre la desesperación y el hambre, los sobrevivientes alcanzaron la plaza de una antigua ciudad abandonada. Viernes, a pesar de la condición en que se encontraba, estaba lo suficientemente lúcido para darse cuenta que acababa de descubrir una ciudad que él mismo no contempló en su investigación, un conglomerado de edificaciones semienterradas en la vegetación, ubicada en medio de un extenso terreno pantanoso, que bien podría ser la pieza que les faltaba para elaborar el conjunto del mapa simbólico. Mientras intentaba explicarle a sus compañeros las consecuencias de ese acto fortuito, alternaba sollozos y aullidos de la emoción que lo rebasaba, se hincaba y levantaba las manos en agradecimiento a los dioses.

Viernes ha relatado que en ese momento llegaron a su memoria antiguos planos dibujados en carboncillo por exploradores anónimos, del lugar en donde se encuentran, que alguna vez observó de pasada, sin otorgarles mucha importancia. Al ver sus alrededores, adivina el resto del diseño de las edificaciones y descubre que están en uno de los once patios de un palacio que se extiende por lo menos a lo largo de cuatro manzanas, conformado por más de ciento cincuenta recintos abovedados. El hallazgo los reconfortó y los inyectó de algo que estaban a punto de perder.

A las pocas horas de abandonar el lugar, un sendero los condujo hasta una mísera aldea. Los lugareños, conmovidos de verlos en la condición en que estaban aquellos hombres luego de varias semanas de errar por la selva, los ayudan. Les dieron de comer y un lugar donde dormir. Al cabo de dos días, los transportaron en mulas hacia un poblado; luego otro hombre los condujo en un camión hacia la carretera más cercana.

Horas después el doctor Pascual Reyes recibió una llamada y les envió el helicóptero del proyecto. Mientras surcaba el cielo y las hélices zumbaban, Viernes le contó a Reyes que debido a la magnitud y significado del hallazgo que acababan de realizar, deseaba romper el silencio académico impuesto por el contrato con *Global Museum* y pensaba escribir un artículo para *Arqueología Mexicana, Estudios de Cultura Maya* o *Ancient Mesoamerica*, que publicaron las contribuciones estudiantiles que les envío en sus primeros años universitarios. En particular, el artículo se enfocaría en lo que descifró en una estela cubierta de musgo y helechos; en esa piedra gastada por los siglos y las lluvias entrevió un recuento de la dinastía que gobernó durante el período en que se especializa, la escritura de la historia del imperio aborigen que le faltaba.

El entusiasmo de Viernes puso nervioso al doctor Pascual Reyes. Detectó en el aborigen un orgullo que nunca antes había observado, una determinación que calificó de intempestiva, furiosa, *imperial*, que podía poner toda la operación al descubierto, evidenciarnos, hacernos por primera vez visibles y, por lo tanto, vulnerables. Por eso, Reyes convocó para una reunión urgente a los miembros del directorio de la Corporación. Buscaba encontrarle una salida inmediata a la situación, antes de que se convirtiera en problema.

XI
Puñal de obsidiana

Esa misma noche citaron a Viernes para que se presentara a primera hora de la mañana siguiente en el estudio que emplea la Corporación para manejar los negocios de esta región, ubicado en el penthouse del lujoso *Edificio Global*. Los directores temían que la algarabía intelectual, el desborde emotivo, la conmoción del hallazgo lo desconcentrara; que el entusiasmo de Viernes, que comprendían propia de un investigador tan esmerado como él, lo desviara del propósito último de la empresa y los pusiera en riesgo. No era un caso simple sino la prueba máxima que jamás enfrentaron como miembros de la corporación. No sólo estaba en juego la lealtad de su más destacado informante nativo sino que la existencia misma de la empresa. Si Viernes dejaba seducirse por los fatuos y fútiles reconocimientos académicos podía llegar a traicionar la grave tarea histórica, secreta, que habían servido con dedicación y esmero. No le podían permitir que el entusiasmo lo llevara a anunciar su hallazgo al mundo entero.

Los demás miembros de la junta directiva, comisionaron al doctor Reyes para hablarle con autoridad, para reprenderlo de una forma severa y ejemplar, para recordarle la trascendental misión que serviría para el beneficio futuro de la humanidad. Se consideró prudente que el resto de los miembros del directorio observaran en el salón adyacente, a través del amplio espejo ubicado detrás del escritorio de Reyes.

Fue idea del mismo doctor Pascual Reyes dejar el puñal de obsidiana sobre el escritorio, como una provocación alevosa, como una tentación inevitable, como un osado recordatorio de la máxima que él enseñó en clase. Si Viernes tan siquiera intentaba abalanzarse sobre Reyes en cualquier momento de la conversación le dispararían a matar. Reyes, conocedor de la psicología de los aborígenes, dictaminó que de esa forma se solucionaría la insumisión de Viernes, a la vez de brindarle la hermosa muerte del guerrero.

Desde que lo vieron descender del vehículo de la corporación que lo fue a traer, por medio de las cámaras ubicadas en el estacionamiento, constataron que Viernes estaba nervioso, más sobresaltado que de costumbre. En el elevador, quizás pensándose solo, viéndose al espejo, se habló a sí mismo y recuperó su compostura habitual. Cuando descendió del elevador y le habló a la secretaria con su acostumbrado tono apacible. De hecho, cuando entró al estudio, Viernes y Reyes se saludaron con la cordialidad de siempre.

Reyes no quiso que se sentaran en la reluciente y ancha mesa de caoba, que usa para las reuniones de dirección, porque lo consideró demasiado formal. Le indicó que le gustaría platicar en el escritorio, que era un ambiente un poco más íntimo, si a Viernes no le incomodaba. Se sentaron al escritorio. El doctor Pascual Reyes puso las manos sobre el respaldo de su silla y se quedó de pie. Luego, sabiendo que lo cuidaban, le dio la espalda y habló viendo a través de la ventana hacia la ciudad distante y diminuta desde aquella altura.

Viernes, sin embargo, comenzó a temblar, cuán leve, en la silla, librando una fiera batalla entre el impulso de los instintos y la sujeción que le dictaba la razón. Su función de informante nativo, de alguna manera traicionaba a su propia cultura, al valioso legado de sus ancestros, al despojarlos de sus posesiones milenarias para llevarlas a un lugar distante y ajeno. Sin embargo, al hacerlo también honraba su memoria y justipreciaba su herencia, pues aseguraba que, fuera de su contexto original, la grandeza de los suyos fuera admirada, atesorada, conservada para el beneficio de la humanidad. En la selva, dichos vestigios se corromperían por el tiempo o se perderían por la mezquina ambición de los saqueadores. Afuera, en los museos cosmopolitas, perdurarían. La mirada inquieta y felina de Viernes oscilaba entre el puñal de obsidiana y la espalda de Reyes. Pero se mantenía sentado, escuchando, lo más atento posible.

Cuando Reyes se calló, Viernes le contó que había tenido un sueño. En el sueño, dijo, usaba el penacho de plumas de quetzal que Moctezuma le regaló a Cortés, que unas cuantas personas se acercaban a él, lo señalaban, se detenían por unos segundos y... estaba frente a las multitudes aborígenes, guerreando contra los invasores un segundo... para en el siguiente encontrarse en una apacible y aterradora prisión de cristal.

De pronto, Viernes tomó el puñal pero permaneció sentado. El doctor Pascual Reyes siguió con la espalda volteada, con la mirada perdida en el horizonte lejano. Viernes contempló el reflejo de su rostro en la hoja desnuda y oscura del puñal de obsidiana.

"No hay de qué preocuparse", dijo en un tono jovial, festivo, tal vez irónico: "Ya soy como ustedes".

Sonriendo y pensando en Balam, Ixchel y Atanasio, como si acabara de jugar una broma largamente acariciada, Viernes puso el puñal de vuelta sobre el escritorio. Luego de una larga excursión, por fin encontró lo que buscaba.

Sierra Lacandona, Carnaval, 1994.
Aldea Concepción Las Lomas,
12 de octubre, 2005.

Índice

El informante nativo, *Ronald Flores.* Se terminó de imprimir en el mes de marzo de 2007. F&G Editores, 31 avenida "C" 5-54 zona 7, Colonia Centroamérica, 01007. Guatemala, Guatemala, C. A. Telefax: (502) 2433 2361 Tel.: (502) 5406 0909 informacion@fygeditores.com www.fygeditores.com